inuention eſt rauallee la temerité de ces modernes Therſites, qui ſe tiennent pour des Aiax, de
ces Pigmees qui s'eſtiment des Hercules, de ces
Thraſons qui veulent eſtre appellez des Neſtors,
de ces Cigales de la Campagne qui contrefont les
Perroquets, & de ces baueux limaçons qui hauſ-
ſent les cornes pour neant. S'ils veulent prendre
la peine de ſe pourmener dans ceſt Hoſpital, ils
recognoiſtront poſſible comme ils ont l'honneur
d'eſtre naturellement Fols, ignorans & capricieux; Et qu'entr'eux & la folie il ſe faict vne
equipolence de Logique, vne relation Phiſicque,
& vne identité de Scotiſte. La premiere choſe
qu'ils y verröt ce ſera vn Möſtre à plus de quin-
ze teſtes, plus eſpouuentable que l'Hydre, ny
que le Serpent Pithon; Ils viſiteront par apres le
Palais de la Fee Alcine, & treuueront dans chaque chambre vne infinité de perſonnes tráſmuees
par vne eſtrange Metamorphoſe en autant de
beſtes irraiſonnables. Parmy ces extrauagances,
ils pourront eux-meſmes deuenir ſages, & la
diſcretion, s'ils en ſont tant ſoit peu ſuſceptibles,
leur ſera comme vn anneau d'Angelicque pour
ſe rendre plus aduiſez à l'aduenir en voyant les
folies d'autruy.

L'HOSPITAL
DES FOLS
INCVRABLES.

De la Folie en general.

DISCOVRS I.

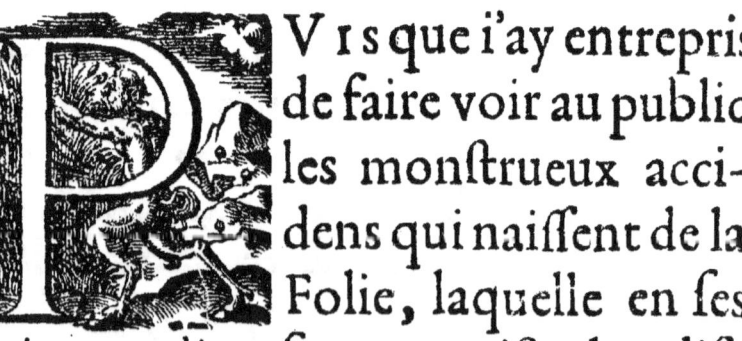

V is que i'ay entrepris de faire voir au public les monſtrueux acci-dens qui naiſſent de la Folie, laquelle en ſes bizarres diuerſitez paroiſt plus dif-forme à la veuë, que le Serpent de Cadmus, plus laide que la Chimere, plus venimeuſe que le Dragon des

A

L'HOSPITAL
DES FOLS
INCVRABLES;

Où font deduites de poinct en poinct toutes les folies & les maladies d'efprit, tant
des hommes que des femmes.

*Oeuure non moins vtile que recreatiue, & ne-
ceffaire à l'acquifition de la vraye fageffe.*

Tirée de l'Italien de Thomas Garzoni, & mife en
noftre langue par François de Clarier, fieur
de Long-val, Profeffeur ez Mathematiques, & Docteur en Medecine.

A PARIS,

Chez LOVYS SEVESTRE Imprimeur-
Libraire, ruë du Meurier, à
l'image fainct Louys.

M. DC. XX.

Auec Priuilege du Roy.

PREFACE
AV LECTEVR.

*A Vanité manifeste, l'extrauz-
rance euidente, & l'expresse folie de quelques miserables lesquels bien que plus escerueleʒ &
plus vuides d'entendement que les
arbres ne sont de seue au decroist de la Lune, s'e-
stiment neantmoins grandement sages, parce
qu'ils sont à leur aise; sans considerer, comme le remarque le Philosophe, que le comble des richesses
se treuue grand bien souuent où le merite est pe-
sit, m'ont obligé particulierement à bastir ce fameux & memorable Hospital, où la glorieuse
folie de ces Messieurs se voit escrite en gros cara-
racteres, auec vne perspectiue si belle, que les
Fols y accourent de toutes parts, alleche par
le commun applaudissement de leurs semblables.
Outre que ie leur dône à tous vne Chambre à part
pour y reposer mieux à leur aise, ie mets vn chacun d'eux soubs la protection d'vn Genie tutelaire auquel ie le recommande. Par ceste nouuelle*

Héſperides, plus dommageable que le Monſtre de Corebe, plus felonne que le Minotaure de Theſee, & plus hideuſe à voir qu'vn Gerion à trois teſtes; n'eſtant venuë au monde que pour y vomir comme vne Hydre les flâmes de ſon venin : le deuoir m'oblige à la deſcrire ſi terrible, que par ſon regard ſeulement elle mette tout le monde en allarme.   Car il faut qu'on m'aduouë que les Harpies ne furent iamais ſi puantes, ny le Taureau d'Hercule ſi contagieux, ny Heſione Monſtre marin ſi nuiſible, que la Folie. Depuis que ceſte Meduſe s'eſt vne fois gliſſee dans le cerueau, elle ſçait ſi bien offuſquer l'imagination , peruertir les penſees, tranſporter l'eſprit , & corrompre la raiſon, que par ſon moyen les actions & les paroles des hommes ſe tournent en extrauagances.

Ce Monstre ayant la fantaisie trou-
blee, l'esprit chancellant, les yeux ab-
batus de sommeil, le cerueau en ago-
nie, & la teste aussi vuide qu'vne ci-
troüille sechee, s'en va tournoyant
comme vne haridelle de moulin autour de ses fantaisies, aussi dignes de
compassion que de risee. Mais le pire que i'y voye, c'est l'effect qu'elle
produit, lors que fométant les douleurs du cerueau, elle rend l'homme
si stupide & si hors de soy, que n'e-
stant qu'vn pauure petit Coridon, il
se tient pour quelque sçauant Mercure. Ce qui procede (selon Hypo-
crate) de ce que, *Ceux qui sont malades*
d'esprit ne peuuent sentir leur mal. C'est
donc la Folie qui trauaille les mortels d'vne estráge sorte, semee qu'elle est par toutes les prouinces du
Monde ; elle, dis-ie, qui assubiettit à
son empire tyrannique vne infinité

de peuples & de perſonnes : ce dire
de l'Eccleſiaſte n'eſtant que trop veritable, à ſçauoir, *Que le nombre des Fols*
eſt infiny. Elle finalement, qui aigui-
ſant ſes monſtrueuſes dents contre
les vns & les autres, ne cherche qu'à
ſaouler les infenſez appetits du cerueau des hommes , à l'imitation de
cet Arpiages , autant impie qu'abo-
minable, auquel il prit enuie de má-
ger du cerueau de ſon propre fils.

Ceſte-cy ne ſe ſoucie ny des Roys
ny des Empereurs, ny des gens de
guerre auſſi nomplus que des hommes de lettres : Bref, il n'eſt point de
reſpeĉt qui la retienne, & qui l'empeſche de frapper d'eſtoc & de taille
toute la race des hommes. Voyez vn
peu ie vous prie le grand pouuoir
que ceſte beſte a eu de tout temps
ſur le monde, puis que les Agathyr-
ſes, peuples voiſins des Syrtes, ont

porté fa marque tous les premiers:
Car pour vn tefmoignage de leur
cuidente folie, ils alloient ordinairement nuds, & fe peignoient le corps
de maintes couleurs, apparentes
comme les taches d'vn Leopard.
Virgile le tefmoigne par ce vers,

Ou comme on voit fremir les Agathyrfes peints.

Les Andabates n'eftoient-ils pas
bien infenfez de fermer les yeux en
combattant? & ceux d'Arcadie encore plus fols, de fe vanter que la
Lune n'eftoit pas fi vieille qu'eux?
C'eft ce que dict Seneque en fon
Hippolite,

Soit que l'Aftre moins vieil que les Arcadiens
Te darde fes rayons.

Adiouftons à cecy, que les peuples appellez Himantopoles eftropiez de cerueau, fe fouftenoiét fur
leurs mains, & fe trainoient comme
des reptiles: Que les Mendefiens fai-

foient plus d'hôneur aux Cheuriers qu'à tout le reste des hommes, de quelque qualité qu'ils fussent : Que les Psylles fols au quatriesme degré, côbattoient à guerre ouuerte contre le vent d'Aquilon qui les importunoit : & bref que les Tonemphoes, qui auoient, comme l'on dict, des loups dans la teste, n'eslisoient point d'autre Roy qu'vn Chien, dont les mouuemés & les caresses leur estoiét autant d'augures des gouuernemens qui les attendoient à l'aduenir.

Qui ne voit combien est grande la Folie qui regne parmy les hommes, puis que les plus sçauans d'entr'eux, qui deuroient par consequét estre plus sages que tous les autres, disent quelquefois des choses que les moins sensez n'oseroient mettre en auant? Pline n'est-il pas plaisant, de dire que le Poëte Philetas estoit si

maigre & fi grefle de corps, qu'il luy
falloit mettre vn contrepoids de
plomb à fes pieds pour empefcher
que le vent ne l'emportaft? Aufonius
& Pontan ne font-ils pas bien fins
de nous faire accroire que Cinee &
Tirefias de mafles deuindrent fe-
melles, changeans de forme, comme le couuercle d'vn pot que le po-
tier mettroit fur vn nouueau moule
quand l'argille eft encore molle?
Mais reuenons à noftre Pline, qui
nous en baille bien à garder quand
il dit que fur le lac appellé Tarqui-
nien il y eut iadis deux forefts qui
flotoient par deffus l'eau, ores en figure triangulaire, tantoft en rond,
& maintenant en quarré. Ie trouue
qu'il n'eft pas moins ridicule lors
qu'il fouftient que fi l'on iette dans
vn gros d'ennemis l'herbe appellee
Achamenes, elle a cefte vertu occul-

te , de leur faire tourner le dos, &
de les mettre en defroute. Qui ne
fe mocquera de Licinius Mutianus,
lequel fe vâte d'auoir veu dans Argos
vne certaine femme nommee Are-
thufe, qui s'eftant de nouueau ma-
riee deuint mafle le iour de fes nopces, & fe maria depuis elle mefme
apres cefte metamorphofe ? La folie de Cælius n'eft pas moindre, quâd
il nous conte qu'vn certain monftre
marin, homme par deuât, & cheual
par derriere, mourut & reffufcita par
trois diuerfes fois. Elian n'eft gueres
plus fage que ceux-cy, d'efcrire que
Ptolomee Philadelphe eut vn cerf fi
bien inftruict, qu'il entendoit clairement fon maiftre quand il luy parloit Grec. Quelle plus fantaftique
opinion fçauroit-on imaginer que
celle de Pline, qui dit qu'à Limire
fontaine de Licye facree à Apollon,

se trouuent certains poissons lesquels appellez trois fois au son de
la vielle obeïssent aussi tost, & ne
manquent de se rendre au bord de
l'eau. Mais ie ne trouue point de
meilleur conte que celuy qui nous
est rapporté par Pierre de Messie, lequel soit de son mouuement, ou
par la relation d'autruy, dit qu'vn
certain Roy nommé Cippus regardant auec vne merueilleuse atten-
tion le combat de deux Taureaux,
s'endormit là dessus auec vne si forte imagination, que venant à s'efueiller il se trouua deux cornes sur la
teste. Il estoit possible de la secte du
Philosophe Protagoras, qui fut si
estourdy d'oser soustenir que l'homme ne voyoit rien en idee qui ne fust
tel en effect : opinion qui donna la
peine à Platon de reprendre cest es-
ceruellé, disant que si telle chose

eſtoit veritable, le dire de Protagoras eſtoit vrayement vne Fable, parce qu'il en auoit l'apparence.

Mais tant ſ'en faut qu'vn eſprit
ſi groſſier que le mien puiſſe ra-
conter toutes les Folies que les plus
doctes ont mis en auant, & deſduire
celles que les hommes ont practi-
quees; qu'au contraire ie tiens qu'en-
treprendre vn ſi long ouurage, ſe-
roit de meſme que vouloir deſlaſſer
Atlas, & le deſcharger de ſon fardeau; il me ſuffit de dire, que le Sage peut ſ'eſcrier à bon droict, *l'ay veu*
tout ce qui ſe faict ſous le Soleil, qui n'eſt
qu'affliction d'eſprit, & que vanité. Les
Egyptiens n'eſtoient-ils pas bien
incenſez d'adorer pour Dieux des
Ciboules & des Porreaux, comme
le remarque Iuuenal. Les Babilo-
niens les ſecondoient en Folie, lors
qu'ils idolaſtroient le Dieu Bel, de-

uant lequel ils feruoient vne quantité de viandes capable de faouller
mille perfonnes. Les Romains n'e-
ftoient gueres plus aduifez, d'offrir
des facrifices à vne putain publique
appellee Flore,& d'adorer vne idole
foubs le nom de Hercutius , qu'ils
faifoiét prefider aux cheres percees.
C'eft en vain que ie m'amufe à ra-
conter la Folie des anciens, fi l'aage
où nous fommes eft vn vray fimula-
chre de toutes les folies que l'homme peut faire dans le monde. Eft-
il rien de fi bizarre que l'efprit des
Alchymiftes d'auiourd'huy , parmy
lefquels il s'en trouue plufieurs de
condition releuee, qui tous noircis
de charbon, & degoutans de fueur,
prennent bien la peine de fouffler
iour & nuiÅt, efperans de faire des
proiections dans leurs croizeaux , &
d'eftre en fin de la fecte de Geber &

de Morienus. A-t'on iamais veu chercher auec plus de trauail qu'à prefent la fotte Caballe de Raymond
Lulle, qui par l'imperfection de fon
Art nous promet de faire fauter les
Afnes auffi haut que les Barbes, &
de les dreffer à la pofte? S'eft-il iamais
trouué plus de Charlatans qu'il s'en
voit maintenát? Qui ne fçait le côn-
te de cet Aftrologue de Realté, qui
pour fe fortifier le cerueau aualla cét
œufs pour vn matin, afin de ne mettre le pied dás l'Hofpital des Fols incurables, où il fut contraint de s'aller
rendre finalement, forcé par la maligne inclination des eftoilles & des
planettes. Qui ne s'eftonnera de voir
le grand nombre de Triacleurs &
Bouffons qui courent le monde, lefquels faifans profeffion de Medecine, & fe difans Docteurs de Bologne fe font defcouurir en fin pour

de vrais Chaſtre-chats,& ne vendent
pour toutes drogues que des brayets.
Y eut-il iamais tant d'inuenteurs de
ſecrets, entre leſquels il ſe trouua n'a-
gueres à Bergame vn de ces Docteurs ſi effronté, d'aller dire qu'il
en auoit vn infaillible pour conuer-
tir le grand Turc, s'offrant de donner ſon ſecret à vn mien amy s'il le
vouloit accommoder de vingt piſto-
les; propoſition qui eſtoit capable
de mettre au deſeſpoir le Fiarauanty de Bologne, ſi s'en eſtant aduiſé
il ne l'euſt miſe dans les caprices de
Medecine ſoubs le tiltre de l'Ange-
lique & diuin Elixir de Fiarauanty.
Certes le móde ne fut iamais ſi peu-
plé d'ingenieux, qui trauaillans ſur
la Mechanique ſe vantent d'en ſçauoir plus qu'Archimede. De quelque coſté qu'on ſe tourne, on ne
voit rien que ſottiſes & nouueaux

fujets de folie : l'vn s'allambique le
cerueau apres vne chofe, & l'autre
par quelque extrauagance cherche à
faire parler de foy.　Ceftuy-cy de-
uient tout efceruellé pour vne fumee
de gloire,& ceftuy-là pour quelques
mots de Latin qu'il fçait s'eftime vn
fecond Ciceron. Il y en a d'autres qui
perdent le repos & le fens , s'ils fe
voyent feulement riches de dix ef-
cus, qui les aurót faiƈt ieufner vingt
ans pour les amaffer. I'obmets la frenefie de ceux qui tráchent des Roys,
& fe rendent infupportables fi leur
bonne fortune les efleue à quelque
grade d'honneur ; comme fi l'on ne
fçauoit pas qu'honorer vn ignorant
d'vn office, eft le mefme que prefen-
ter à vn afne quelque inftrument de
Mufique.　Bref il n'eft celuy qui fe
faifant fignaler par quelque Folie,
ne prife grandement cé qui luy fem-

ble agreable , & qui chatouïlle ſa
fantaiſie, ſans conſiderer (comme
dit le Sage) *Que tout n'eſt que vaniſé.*
Mais d'autant qu'on ſ'acquiert vne
cognoiſſance plus ample des choſes
vniuerſelles, ſi l'on en deduit les eſpeces ; nous les diuiſerons en diſcours particuliers , afin que par ce
moyen nous puiſſions tout à faiƈt
cognoiſtre la cauſe & le fonds principal de la Folie.

Des Fols Frenetiques, & Radoteurs.

DISCOVRS II.

'E s т la commune opi-
nion des plus doƈtes
Medecins , principale-
ment de Galien au 1. de
ſes Proretiques , que la Freneſie à
proprement parler, eſt vne paſſion

interne, laquelle accompagnee d'v-
ne fieure fubtile, entretient vne con-
tinuelle Folie dans le cerueau du pa-
tient. Ce mal, comme efcrit Aëtius,
apres Poffidonius, eft vne certaine
inflammation des membranes du
cerueau, qui caufe vn radotement,
& vne agitation d'efprit fort eftrange; d'où vient qu'on appelle Frenetiques & Radoteurs ceux qui font
trauaillez d'vne paffion fi extrauagante, & fi dangereufe. Mais l'excellent Medecin Trallian au 13. ch.
de fon 1. liure, veut que la Frenefie
foit vne inflammation du cerueau,
ou de fes membranes. Vn autre Do-
aulus
b.3.c. cteur eft de cefte mefme opinion, fi
ce n'eft qu'il adioufte, qu'il fe trouue quelquefois dans le cerueau vne
certaine chaleur predominante, autre que la naturelle. Galien au 2. liure des caufes des Symptomes, tient
que

que ceste affection procede ensemble du cerueau & de ses membranes : à quoy s'accorde la plus grande partie des Medecins, particulierement le Docteur Altomare au chap.
6. de sa Method. Medic.

Il est vray neantmoins que les
Medecins mettent quelque difference entre le Radotement & la Frenesie, bien que la fieure accompa-
gne ordinairement l'vn & l'autre :
car le Radotement, selon Fernel, est
ores causé de la bile, & tantost d'vn
sang subtil espandu par le cerueau,
ou de tel autre accident. Mais quant
à la Frenesie, elle procede tousiours
de ceste inflammation du cerueau,
dont nous auons parlé cy-deuant,
outre que le Radotement est la plus
part du temps vn symptome de la
fieure, ou de quelque autre plus
grand mal, & non pas de la Frenesie.

B

Dauantage comme la frenesie eft vn
mal beaucoup plus violét que le ra-
dotemét, ce dernier aduiét plus fouuent que l'autre. Or parce que mon
intention eft de parler icy de la Folie
pluftoft, felon le difcours ordinaire
du peuple, que conformémentàl'o-
pinion des Medecins ; ie me fuis ad-
uifé de mettre en vne mefme cathegorie les Fols Frenetiques & les Radoteurs, pour ne contredire aux ma-
ximes du vulgaire, qui appelle Frenetiques Refueurs, ceux qui font
quelque chofe à l'eftourdy, & fans
confideration. Ceux-cy comme Frenetiques Radoteurs, ne fe móftrent
iamais raffis, &fe brouïllent tellemét
en leurs difcours, que les enigmes
de Sphinx feroient plus intelligibles
que les leurs, & qu'Oedippe mefme
auroit bié de la peine à les expliquer;
nó qu'ils máquent de babil, ains plu-

ſtoſt, parce que leurs fantaiſies ſemblét voler à toute bride ſur le cheual
de Pegaſe.   Il me ſuffira d'alleguer
aux doctes deux exemples de ceſte
maniere de Fols , l'vn eſt rapporté
par Seneque dans ſes Epiſtres, où il
dict, qu'vn certain Sparſus auoit cela de remarquable de parler entre les
eſcholiers comme Fol, & entre les
Fols comme eſcholier, rendant touſ-
jours manifeſte teſmoignage de ſa
Folie.   L'autre exemple eſt mis en
auant par Cælius, qui dit au 9. liu. de
ſes anciennes leçós, qu'vne certaine
femme appellee *Acco*, qui radotoit
d'autant plus qu'elle eſtoit chargeé
d'ans , voyant dans vn miroir ſon
viſage tout plein de rides , en receut
vn ſi grand deſplaiſir qu'elle en deuint folé. Dans l'accés de ceſte Folie elle parloit à ſa face en ſe mirant,
rioit auec elle, la menaçoit, luy fai-

soit de belles promesses, la flattoit,
& quelquefois aussi auec vne action
frenetique, elle se mettoit à fairè des
inuectiues. Parmy ces diuersitez on
la voyoit tantost aussi ioyeuse qu'v-
ne autre Alcyne, & tantost plus des-
daigneuse & plus fiere qu'vne secon-
de Gabrine.

Quel exemple sçaurois-ie alleguer
qui fust plus agreable au vulgaire,
que celuy d'vn certain Talpin natif
de Bergame, lequel en estant party,
s'en alla droit à Venise pour y com-
paroistre deuant les Iuges, en la presence desquels il dict tout haut qu'il
se rendoit appellant d'vne sentence
prononcee contre luy, touchant vne
certaine maison sur laquelle il pre-
tendoit auoir droict, & ce disant, il
se ietta dans le puits du logis où il
estoit, adioustant qu'il vouloit re-
solument estre seigneur de ce puits.

Action qui prouoqua ſi fort à rire
toute l'aſſiſtance, que les Iuges luy
promirent de le faire ſeigneur de la
mer & du puits enſemble; tellement
que le pauure Frenetique party là
deſſus, ſ'en alla porter la nouuelle à
Bergame comme les Venitiens luy
auoient donné leur Bucentaure, &
vn commandement abſolu ſur mer.
Mais quelque temps apres, reuenu
qu'il fut à ſes premieres humeurs,
il ſ'en alla retrouuer les Venitiens,
publiant par tout qu'il tenoit pour
vne grande iniuſtice de ne pouuoir
diſpoſer de l'eau d'vn puits pour la
prouiſion de ſes galeres, & d'auoir
à ſon commandement toute l'onde
ſallee de la marine : & alors les Iuges
pour ne le meſcontenter ſ'offrirent à
luy donner toute l'eau des riuieres,
de leur Souueraineté. Surquoy le Fol
conclud reuenant à ſa premiere no-

te, qu'il n'auoit que faire de tant
d'eau, qu'il ne vouloit que sa maison, autrement qu'il ruineroit Bergame de fonds en comble

La Folie de Santin n'est pas moins
ridicule que la susdite. Vn iour il luy
prit fantaisie aagé qu'il estoit de soi-
xante quatre ans de s'en aller estu-
dier à Padouë. Arriué qu'il y fust, il
s'alla loger en la plus proche hostel-
lerie des estudes, où il apprit qu'vn
des fameux Medecins de toute l'Italie feroit bien tost sa leçon : L'heure en estant venuë, il entra dans la
salle auec tous les autres escholiers,
où voyant que le Docteur auoit pris
de cas fortuit pour matiere de sa leçon le traicté du cerueau, il se mit à
bransler la teste comme s'il eust des-
aduoué ce qu'il oyoit dire. Alors
comme il se vit regardé par tous les
escholiers qui luy portoient du res-

pect à caufe de fa vieilleffe, ne fça-
chans encores où le mal le tenoit, il
f'efcria qu'il croyoit pour luy que les
bœufs de fon village auoient plus
de ceruelle que tous les Docteurs de
Padouë. Ces paroles dictes à la vo-
lee firent auffi toft recognoiftre la
Folie de ce vieillard à toute l'affem-
blee des efcholiers, lefquels pour fe
donner du plaifir, prierent cet Ar-
chidocteur de monter en chaire ; il
fe promettoit defia qu'il les entre-
tiendroit à fa mode de quelque matiere d'eftude, quand il leur entama
le difcours du moyen de combattre
le Sophy & le Turc enfemble: Apres
cela il fe mit à parler de la grande
grace de S. Paul, puis il reuint aux
Turcs, & finalement au deffein qui
l'auoit porté dans Padouë, qui n'e-
ftoit autre que de fe faire paffer Docteur. Il adiouftoit à cela qu'ayant

ouy dire que les escholiers de Padouë estoient fort meslez en toutes
sortes de matieres, il leur vouloit lire vn chant de Roland le Furieux:
Comme il vit alors que les escholiers
luy applaudissoiét, & qu'ils crioyent
viuat tous d'vne commune voix, il
descendit de la chaire, & se tournant
vers eux se mit à leur dire, Courage
compagnons, que chacun face son
deuoir, pour moy ie vous laisse la
chaire vuide, esperant de m'en re-
tourner auec les lettres de Docteur
que ie tiens de vostre grace speciale.
Ie concluds donc là dessus que tous
ceux qui ont le cerueau de Santin, &
du Talpin de Bergame sont de la race des Fols, qu'on appelle ordinairement Frenetiques & Radoteurs.
L'enseigne de la chambre qu'ils ont
dans cet Hospital, est vne Minerue,
parce que ceste Deesse est tutelaire

de telle maniere de Fols. Flechiſſons donc le genoüil en terre, & luy faiſons la priere ſuyuante pour la gueriſon de ces pauures eſceruelez.

Priere à la Deeſſ. Minerue pour les Fols Freneriques & Radoreurs.

C'Eſt à vous vierge Tritoniene, à qui i'addreſſe de toute mon affection ceſte humble priere, à vous dis-je, qui eſtes dignement honoree de mille beaux epithetes d'honneur; à vous finalement qu'on appelle Lindiene, meduſee, Ioniene, Alceſie, Scyras, Elee, Pyletis, Polias, Glaucopis, & vierge Attee, dicte des Grecs Pallas, pour eſtre ſortie du cerueau de Iupiter toute armee, & des Latins Minerue, parce que vous donnez des aduis ſalutaires à ceux qui ont beſoin de voſtre conſeil. S'il eſt vray (come tous l'eſtiment ainſi) que

vous prefidez à la fageffe, & qu'on
vous appelle à bon droit operatrice,
parce que toutes les fages operatiós
procedét de vous: S'il eft vray qu'on
vous nomme Nerine , c'eft à dire
forte , parce que vous auez le cerueau ferme & folide en toutes fortes
de refolutions : f'il eft vray qu'on
vous attribuë iuftement l'epithete
de Dedaliene, parce que vous eftes
mere, dame & maiftreffe de l'efprit
humain, Ie vous prie , vous qui n'e-
ftes que cerueau , d'auoir pour recommandez ces miferables efceruel-
lez. Vous fçauez qu'ils ne difent rien
qu'auec vne rude & groffiere Minerue, comme eftans fi Frenetiques
qu'on ne voit point de remede à
leur mal:oftez leur donc cefte refue-
rie d'efprit, gueriffez leur Folie, &
remediez à leur Frenefie,afin qu'ayás
recouuré l'entendement ils f'en re-

tournent raſlis en leur maiſon , &
qu'ils vous y puiſſent loüer , vous
qui eſtes la ſource, le principe, & la
cauſe de l'entendement. Ie ne vous
diray autre choſe pour le preſent, ô
ſage Deeſſe,de peur comme l'on dit,
qu'vn pourceau ne ſemble inſtruire
Minerue,puis que vous ſeule pouuez enſeigner tout le monde, comme ayant en main les clefs des Arts
& des ſciences. Si vous daignez eſtre
ſecourable à ces miſerables,nous ap-
pendrons à vos pieds dans voſtre
ſainct Temple vne citrouille vuide,
pour vn teſmoignage d'auoir re-
donné le ſens à ces pauures vuides
d'eſprits.

Des Fols Melancholiques & sauuages.

DISCOVRS III.

LEs plus fameux Medecins tant anciens que modernes, sont d'accord, que la melācholie doit estre nómee vne espece de radotement sans fieure, qui ne procede que d'vne abondance d'humeur melancholique, depuis qu'elle s'est vne fois emparee du siege de l'esprit: car c'est vne chose ordinaire à tous melancholiques & rateleux, d'auoir le cerueau indisposé ou par essence, ou par consentement (comme dit Altomare en son art de Medecine ch. 7.) A quoy se rapportent encore les opinions de Galien, d'Hippocrate, du Medecin Paul, & de Fernel, qui

3. de
affect.
6. de
b. vul.
3. c. 14.
depart.
p. &
f.

parlans de la melancholie, Elle eſt,
dit-il, vn deſuoyement d'eſprit, d'où
s'enſuit que ceux qui en ſont trauaillez penſent, diſent, ou font des choſes abſurdes & grandement eſloi-
gnees du conſeil, & de la raiſon, le
tout auec vne action accompagnee
d'inquietude & de crainte. Hyppo-
crate met ces deux ſignes derniers
pour des teſmoignages infaillibles
d'vne humeur melancholique ; &
neantmoins Altomare s'aydant de
l'authorité de Galien au 2. des cau-
ſes des ſympt. d'Aëtius au chap. exprés de la Melancholie, & de Trallian au 17. du premier liure, prouue
que les melancholiques n'ont que
l'imaginatiue bleſſee, & non pas la
memoire, puis qu'ils ne ſe trompent
d'ordinaire qu'aux choſes par eux
veuës, & où leur imaginatió ſe trouue foible. Auſſi tous confeſſent en

general que les efpeces de cefte Folie melancholique font differentes, comme nous le cognoiftrons plus amplement par la fuitte de cet ouurage. Or entre les principaux effets qu'ils nous donnent de ce mal , ils difent que l'ordinaire des patiens eft d'auoir fort peu de courage, d'eftre en perpetuelle apprehéfion , fans en fçauoir eux-mefmes la caufe, de fe plaindre continuellement fans fujeôt, de n'aymer rien tant que la folitude, d'auoir en horreur les compagnies & les paffe-temps, puis de fen repentir (comme le remarque Cyprié en fon 2.liu.) Bref de fouhaiter la mort, & quelquesfois de la rechercher à bon efcient, qui font des effeôts, lefquels ne fe trouuent pas toufiours en vn mefme fujeôt; ains y agiffent feparément, quelquesfois auffi tous enfemble. De là vient que

nous voyons vne infinité de Fols
melancholiques tous differents, selon que l'humeur surabondante dis-
pose l'vn plus que l'autre à des actiós
plus crotesques & ridicules. Galien
rapporte à ce propos l'exemple d'vn
Hypocrondriaque, qui s'imaginant
d'estre deuenu vn pot de terre, ce-
doit la place à tous ceux qu'il voyoit
venir de loin, de peur de se casser s'il
les choquoit par rencontre. Altomare en son traicté de la guerison
des maux du corps humain, faict
mention de deux autres melancholiques de ceste espece : l'vn n'oyoit
iamais chanter le coq qu'il ne se-
coüast ses bras à mesme temps pour
imiter le chant & le battement d'ais-
les de cet oyseau : l'autte ne pouuoit
demeurer sur pied, & marchoit tous-
jours à reculons de peur qu'il auoit
qu'Atlas, (duquel les Poëtes ont

3. de part
affect.

feint qu'il souftenoit fur fes efpaules
le mont Olympe) laffé d'vn fi pefant
fardeau ne le jettaft loin de foy, &
qu'ainfi luy ne demeuraft accablé
foubs le faix. Cælius parlant de ces
Fols au 26. chap. de fon liu. 9. met
en auant vn certain Pifandre, qui fe
croyant eftre mort trébloit de peur
qu'il auoit de rencontrer fon ame,
laquelle il tenoit pour ennemie
mortelle de fon corps , & qu'ainfi
il ne fuft contrainct de fe battre auec
elle pour l'auoir fi mal traictee. Que
dirons-nous d'vn certain Nicolas
de Gatfia lequel trauaillé de cefte
indifpofition de cerueau, f'imagina
qu'il eftoit vn bout de chandelle; fi
bien que dans cefte imagination il
prioit tous les paffans de luy fouffler
deuant & derriere, d'apprehenfion
qu'il auoit de fe fondre entieremét.
Ie n'eftime pas moins fauuage l'humeur

meur de cet autre qui s'eſtant mis en
fantaiſie d'eſtre vne ſemelle de ſoulier s'en alloit par la ville de Vicenſe
le cul par terre, & tenant ſes pieds à
belles mains de peur qu'il auoit que
quelque ſauetier le trouuant ne le
picquaſt de ſon haleſne, & qu'il ne
le miſt en œuure. I'obmets le caprice de celuy qui s'imaginant d'eſtre
vn melon, s'en alloit heurtant de ſa
teſte contre le nez des vns & des autres, diſãt tout haut qu'on ſe gardaſt
bien de l'acheter, parce que le mois
d'Aouſt n'eſtoit pas encore venu. Ie
mettray fin aux Folies de ces miſerables par l'exemple tout à faict ridicule, d'vn certain Petruccio, qui ſe faiſant accroire d'eſtre vn grain de
mouſtarde, s'en alla dans la boutique d'vn eſpicier, où s'eſtant plon-
gé depuis la teſte iuſques aux
pieds dans vn grand barril, il luy

C

fit vn dommage de dix ou douze du-
cats.

Les Medecins mettent au rang de
ces humeurs melancholiques vne
autre espece de folie que les Grecs
appellent Lycantropie, & les Latins
rage de loup, parce que (côme dict
Altomare) elle faict qu'au mois de
Feurier les hommes sortent la nuict
hors de leur maison, & qu'auec des
hurlemens effroyables ils s'en vont
dans les cimetieres, où ils tirent hors
des tôbeaux les ossements des corps
morts, & courent les ruës, au grand
estonnement de tous ceux qu'ils ont
à rencontre. L'Autheur susdict parlant de ceste espece de melancholie,
adiouste qu'ils ont le visage pasle,
les yeux secs & enfoncez dans la teste, la veuë debile, sans ietter iamais
vne seule larme, la langue aride, vne
soif estrange, & vn extreme defaut

de saliue. Mais l'exemple d'vn certain Fornaret me semble remarquable sur tous les autres. Cestui-cy
trauaillé de ceste maladie en son
imagination (car pour le regard de
la memoire, ils n'en ont point tant
qu'ils sont) s'en alla de nuict en vn
cimetiere des Iuifs où l'on auoit tout
fraichement enseuely vn vieillard
qui passoit quatre vingts ans, & qui
estoit mort d'vne hydropisie;il char-
ge donc ce corps sur son dos, &
porté qu'il l'eut en la place publique, il commence d'en ioüer au ba-
lon, criant à tout coup, i'ay l'aduantage, marquez ceste chasse, la partie
est gaighee. De quoy le peuple s'e-
stant apperceu, le bruit vint aux au-
reilles des Iuifs que ce Fol auoit des-
terré maistre Simon (car ainsi s'appelloit le defunct :)ils y accoururent
donc, & firent vne estrange Syna-
C ij

gogue quand ils virent ce melancholique , qui tenant pour braffal
vne des jambes du defunct , luy en
baïtoit le ventre , enflé d'vne matiere virulente & putride, qui f'exhallât
par la place donnoit bien ferré dans
le nez de ceux qui f'en approchoiét,
& qui euffent volontiers baillé de
l'argent à ce Fol pour luy faire quitter le ieu. Voila quelle eft l'humeur
de ces Fols melancholiques & fauuages, lefquels ont dans l'Hofpital
vne chambre qui reffemble à la grote de la Sybille de Cumes , & au deuant de laquelle pend pour enfeigne le Dieu Iupiter, que nous inuoquerons à leur ayde, comme il f'enfuit.

Pricre à Iupiter pour les Fols melancholi-
ques & fauuages.

CEfte troupe de Fols defnuee
d'affiftance, & guidee par vo-

ſtre nom, a recours à vous, grand fils
d'Ops & de Saturne, frere & mary
de la royne Iunon, à bon droict appellé Iupiter, pour l'ayde que vous
dónez aux pauures ſouffreteux; tres-
bon & tres-grand, pour l'infinie
bonté, auec laquelle vous gouuer-
nez l'vniuers; createur haut-tonant,
Roy des Dieux, ſeigneur du monde,
recteur de l'Olympe, correcteur des
vices, pere tres-haut, porte-ſceptre
tout puiſſant, & honoré d'vne infinité d'autres beaux attributs, parce
qu'il n'eſt rien dans le monde qui ne
ſoit prompt à vous obeyr au moindre ſigne que vous en faſſiez. C'eſt
pourquoy eſmeu par vne ſi grande
deïté, & incité par vne majeſté ſi
puiſſante, ie vous prie par la compaſſion qu'eurent de vous les Cure-
tes, quand ils vous nourrirent ſur le
mont Ida, d'auoir pitié de ces pau-

ures gens : que si l'amour d'Europe,
ou de voftre efchanfon Ganyme-
de vous refiouyt le cœur , quand
vous penfez au martel fouffert, aux
peines fouftenuës, & aux angoiffes
du paffé recompenfees par vn double plaifir ; ie vous coniure par ce
mefme contentemét de refiouyr ces
efprits affligez, de cófoler & de tirer
de mifere ces ames melancholiques,
qui f'addreffent à vous comme à
leur aftre fauorable & propice. Si
vous auez engendré Minerue qui
prefide à la Sageffe, purgez leur tefte
de la folie qui predomine en eux : fi
l'on vous appelle à bon droict Pa-
nóphee, parce que vous oyez la voix
& la priere de tous , efcoutez les cris
de ces pauures abandonnez : fi vous
eftes le Dieu d'hofpitalité tant loüé
par les Poëtes, ayez foin de ceux qui
dans cet Hofpital vous implorent à

haute voix : Si l'on vous donne l'at-
tribut de penetrable, faictes que la
misere de ceux-cy penetre non seu-
lement iusques aux oreilles , mais
dans les entrailles d'vn si pitoyable
Dieu : Si l'on vous tient pour ce Iupiter, surnommé des Latins *lapideus*,
ou de pierre , quel plus grád miracle
pouuez-vous faire que de ramollir
l'esprit de ces insensez endurcis dans
leur propre Folie, comme les pierres insensibles? Si vous estes ce Iupiter appellé d'vn chacun Genie, pour
l'inclination que vous auez à faire
du bien à tous ; fauorisez vn peu
ceux-cy , ie vous prie, qui ont vn extreme besoin de vostre assistance.
Bref si l'on vous recognoist pour ce
Iupiter prodigieux qui auez tant fait
de miracles par le passé; faictes maintenant cestuy-cy, que les espines deuiennent roses, les chardons narcis-

ſes, & les orties genets ; alors tout
l'Hoſpital fera retentir à haute voix
ces paroles d'allegreſſe, viue Iupiter,
Elicien , Anxurien, Lyceen , Dodo-
neen , Latial, Diotee, Vangeur, Ammon, Eleen , Cenee, Atabire, Caſien,
Nycephorien , Olympien , Hercee,
Lariſien , & Tripharien. Alors diſ-
ie tous ſ'en iront à vos temples , où
diſans des chanſons , ils offriront à
voſtre pourtraict mille balets de ruë
ſauuage, pour auoir nettoyé le monde d'vne ſi grande barbarie, & d'v-
ne humeur ſi farouſche qui l'acca-
bloit. M'aſſeurant donc ſur voſtre
ordinaire aſſiſtance , i'eſpere que
vous redonnerez à ces patients le ſecours par eux deſiré.

Des Fols endormis, & nonchalans.

DISCOVRS IV.

L feroit dommage de ne mettre au rang des Fols certains efprits lafches & faineants, qui femblent toufiours dormir en leurs affaires, & eftre tellement affoupis, qu'en eux fe verifie en certaine façon le prouerbe de Diogene, à fçauoir qu'ils dorment d'vn fommeil d'Epimenides, fe faifans voir en leurs actions non feulement groffiers, mais negligéts, pareffeux, & endormis tout à faict. L'on peut dire à bon droict de ceux-cy ce que l'on raconte des peuples Cymmeriens, à fçauoir qu'ils font enfeuelis dans vne obfcurité fi efpaiffe, que le foleil ne les efclaire iamais, Homere ayant dict d'eux-mefmes,

Que le blond Apollon ne luyt iamais fur eux,
Soit que dedans fon char au ciel il fe pourmene,
Soit qu'au peuple Indien la lumiere il ramene.

L'on peut encore donner vne place parmy ces Fols à ce Vacia citoyen Romain, que Seneque nous propofe dans fes Epiftres pour vn vray exemple de nonchaláce, lequel s'en-uieillit tellemét en fa fetardife, qu'il donna lieu à ce prouerbe, *plus paref-feux que Vacia* : Ouide femble faire allufion à ceux-cy quand il dict,

Pauure Fol, qu'eft-il le fommeil,
Que de la mort la vraye image?

Car pour en dire le vray, vn Fol de cefte efpece eft fi endormy, qu'il femble eftre mort : d'où vient que le Poëte Dante ayant efgard à la condition de ces miferables leur attribuë les vers fuyuans:

D'eux les hommes nul bruiƈƫ ne font,
Et la pitié point ne les touche:
Laiſſe les donc là tels qu'ils ſont,
Sans iamais en cuurir la bouche.

Mais ſi les exemples modernes ont plus de force à rendre manifeſte au monde la Folie de ces miſerables, en peut-on alleguer vn plus ſignalé que celuy de Caucius, de Sarat Leupolde, lequel ſ'en allant vn iour en vne hoſtellerie à Senegaille, fut deux heures & vn quart à attacher les nœuds de ſes ſouliers cependant que ſes compagnons eſtoient à la table, & qu'ils ſ'y repaiſſoient des mets & des vins delicieux: tellement qu'eſtant queſtion de ſe coucher, l'hoſte luy voulant donner vn liƈƫ pour aller repoſer, il luy demanda vne haleſne pour rabiller ſon ſoulier, eſtimant qu'il auoit beſoin de quelque reparation. A cet exemple

n'eſt pas inferieur celuy de Marquel
de Plombin, lequel s'en allant à Rome auec deſſein de chercher vn maiſtre & d'y apprendre quelque me-
ſtier pour gaigner ſa vie, choppa du
pied contre vne pierre qu'il trouua
ſur ſon chemin : Cepédant ſes compagnons arriuez à la premiere porte
de Rome , & ayant tourné viſage
pour voir ce qu'il eſtoit deuenu, ad-
uiſerent qu'il roulloit deuant luy ceſte meſme pierre, auec deſſein (leur
dit-il) de la mettre ſi auant dans la
ville de Rome, qu'elle ne fuſt iamais
plus à l'aduenir vn achoppement à
ceux qui s'y en iroient. Doncques
ces miſerables que leur propre malheur a priuez d'entendement, ayans
beſoin de la lumiere d'Apollon, duquel ils portent l'enſeigne en leur
chambre, cóme de leur Dieu tutelaire, luy font la priere ſuyuante dans

le tenebreux logis où ils se trouuent
confinez & reduits.

Priere au Dieu Apollon pour les Fols
nonchalans & endormis.

SAcré Apollon que les Grecs ont
appellé Phœbus, qui par voftre
cheuelure d'or côfolez & refiouyffez
l'vn & l'autre Hemifphere, comme
courtois que vous eftes à chacun,
defpartez ie vous prie à cefte aueugle troupe de Fols les rayons de
voftre diuine lumiere, afin que par
voftre moyen les nuages de leurs
foibles entendements fe diffipent.
Ils vous en coniurent par cefte vertu,
qui mit à mort les Cyclopes, qui tra-
uerfa les iniuftes enfans de Niobe,
& qui desfit le maudit ferpent Py-
thon, à caufe dequoy vous receuftes
l'honorable epithete de Pythien: affiftez les, Protecteur du fleuue Am-

phrifien, chef du Parnaffe, amateur
d'Helicon, feigneur de la fontaine
Caballine, Prince couronné de laurier, inuenteur de la Lyre, maiftre de
l'Aftrologie, Roy de la Medecine.
Ces pauures nonchalans ont grand
befoin de voftre aide, & que vous
efclairiez de remedes interieurs leur
debile cerueau, leur entendement
offufqué, leur memoire perduë. Cóme vous eftes appellé Pronopius,
pour auoir deliuré les Bœotiens des
reptiles qui les infectoient, & Le-
mien à caufe que vous gueriftes iadis
les Siciliens de la pefte : ainfi ie vous
prie de permettre (afin que voftre
nom foit rendu fameux par tout le
monde) qu'on vous nomme le Medecin des Fols nonchalans, comme
du commun confentement de tous
vous eftes appellé Timbree, Cataen,
Cyllee, Teneate, Lariffee, Leuca-

dien, Phillee, Libyſſin, Smyntee, Pa-
tareen, Cynthien, Delien, Cyrrheen,
Clarien, Colophonien, & Licyen,
ſans y comprendre pluſieurs autres
beaux epithetes de voſtre ſᵗᵉ diuinité. S'il vous plaiſt d'auoir ſoin de
ces faineants, & de les guerir, vous
verrez qu'ils conſacreront à voſtre
image dans voſtre temple de Delphes vne belle paire de lunettes,
pour memoire à la poſterité d'auoir
donné gueriſon à vne troupe inſen-
ſee. Dauantage on dira par tout que
pour voir clairement, quelque aueugle qu'on puiſſe eſtre, il ne faut que
mettre à ſon nez les lunettes du grád
Apollon : haſtez-vous donc de les
ſecourir, autrement ſi vous tardez
tant ſoit peu, de Fols pareſſeux qu'ils
ſont, ils deuiendront entierement
eſtourdis & hebetez.

Des Fols Yurognes.

DISCOVRS   V.

'Est vne chose assez ma-
nifeste à tous , qu'entre
les matieres qui abou-
tissent à la Folie , on y
peut loger celle qui procedât des va-
peurs & de la fumee du vin, met sur
pied ceste espece de Fols, que nous
appellons ordinairemét Yurognes,
lesquels ont cela de propre , quand
ils sont vne fois eschauffez du vin,
d'exciter des tumultes & des bruits,
aussi grands que ceux que font les
Steropes & les Brontes dans la forge
de Vulcan. Voila pourquoy le Philosophe Athenee proposant ceste
demande dans le 14. liu. de ses Gym-
nosophistes , D'où viét que les Poëtes

tes ont feint que Bachus estoit insensé? respond là dessus en termes de
pareille substance : *Plusieurs chez Ti-*
mocrates ont feint insensé le pere Liber,
pour monstrer que le vin priue d'entende-
ment ceux qui en prennent plus qu'il ne
faut : Ouide en dict autant par ces
vers:

Garde toy que le vin n'allume des querelles,
D'où naissent des combats, & des guerres mor-
telles.

Herodote rapporte à ce mesme
propos, que le vin est vne matiere
aux mauuaises paroles, depuis que
le corps en est vne fois abreuué. Xe-
nophon voulant conseiller le grand
Capitaine Agesilaus, *Abstiens toy* (luy
dit-il) *de l'Yurognerie, & de la Folie*:
Où l'on peut remarquer qu'il ne met
aucune difference entre l'Yurogne
& le Fol, parce que la vapeur du vin
montee au cerueau, oste à l'homme

D

la veuë, la cognoiſſance, & le iugement; ſuffoquant tout à coup les
plus nobles puiſſances de l'ame. S.
Ambroiſe touche cecy fort genti-
ment en ſon liu. du Ieuſne, où il dict,
Ils diſputent de la continence lors qu'ils
ſont yures, & c'eſt alors qu'vn chacun
d'eux raconte ſes combats, & ſes beaux
faicts, ſans conſiderer qu'eſtant tout trem-
pé dans le vin, & accablé de ſommeil, il
ne ſçait ce qu'il dict. Pour ce meſme
ſujèct dans les Decrets en la diſtinct.
39. ſont eſcrites ces profitables paroles : *Il n'eſt iamais bien ſeant à l'homme*
ſage de ſ'addonner à la desbauche, aux ſe-
ſtins, & à l'Yurognerie. Sur quoy le
Poëte Dante loüe grandement le
premier ſiecle de Saturne, durant lequel, au lieu de puiſer le vin des cu-
ues, on ſe deſalteroit au bord des
ruiſſeaux.

Heureux fust le siecle d'or
Auquel l'on n'auoit encor
De Bachus la cognoissance,
Le gland seruoit d'aliment,
Et l'eau coulant doucement
Entretenoit l'abstinence.

O que nostre siecle seroit heureux,
s'il s'addonnoit à vne pareille sobrie-
té : mais le malheur est que l'on ne
pense qu'à se gorger de vin & de
viande, quand l'humeur de Bachus
commence à faire son operation. Le
seul exemple de Messer Binosio entre les modernes, est capable de faire creuer de rire tout l'vniuers. S'il
aduient à ce galát d'auoir le cerueau
brouillé de muscat, il s'endort aussi
tost soubs le pampre de Bachus, &
en resuant il dict ces chimeres tout
haut, ores il monte à cheual par idee,
& arriué qu'il est à Coquaigne par
la premiere poste, il y faict vn duel
auec le Roy Panigon : tantost si la

Vernafle ou le vin d'Efpagne luy
touche le fommet du Pinacle, vous
le voyez comme vne Menade faire
le furieux dans fa maifon, & y mettre vn tel defordre, qu'il eft impoffible de fe trouuer deuant vne befte fi
furieufe, fans en receuoir du dommage. Il eft vray qu'eftant quelque-
fois en fa belle humeur, il donne vn
merueilleux plaifir à la compagnie,
comme il fit n'agueres lors qu'eftát
yure la nuiĉt, il regarda la lune auant
que f'aller coucher, & penfant que
fon ombre fuft vne riuiere, Tenez
moy bien ie vous prie (dit-il à fes
compagnons) de peur que ie ne me
noye dans ce fleuue.

Entre les Anciens les Sythes & les
Thraces font fort blafmez de ce
qu'ils mettoient toute leur gloire à
boire iufques à f'enyurer, cela faiĉt
dire à Horace,

Que les Thraces ne font la guerre
Que lors qu'ils boiuent à plein verre. •

Ariſtote parlant des Syracuſains, les
reprend de ce qu'ils eſtoient quelquefois nonáte iours à boire ſans ſe
laſſer, eſtimans ceſte action honorable. Que diray-ie de Tybere Neron
auquel l'Yurognerie plaiſoit tellement, qu'au lieu de Tybere, de Claudius, & de Neron, il fut appellé Bi-
berius, Cladius, & Mero. Ceux qui
ne ſçauét pas combien grands ſont
les maux qu'apporte aux hommes
l'Yurognerie, n'ont qu'à voir de
quelle façon le Dieu Bachus eſt fi-
guré par les Poëtes; ils le peignent
enfant, pour monſtrer que les Yurognes perdent le ſens & l'entendement : En forme de femme, parce
qu'eux-meſmes ne font aucun acte
qui reſſente ſon homme : Tout nud,
& à deſcouuert, à cauſe qu'il eſt im-

possible de communiquer vn secret
à vn Yurogne, si on ne veut qu'il le
descouure aussi tost : des leopards tirent son char, parce qu'vne estrange
inconstance possede ordinairement
les personnes Yures : Bref ils le cou-
ronnent de lierre, d'autant que le
propre des Yurognes est de chancel-
ler, & de ramper par terre, comme
le lierre de serpenter par les murailles, & d'estre cause de leur ruine.

Il suffira d'auoir dict cecy de ceste
engeance de Fols, qui dans l'Hospital ont pour marque deuant leur
chambre le Dieu Abstemius, qui en
est le protecteur & le Dieu, auquel
nous addressons à leur faueur la priere qui suit.

Priere au Dieu Abstemius pour les Fols
Yurognes.

IE recours à vous à ce besoin (en
peu de paroles, mais qui sont tou-

tes animees de zele) ô ennemy mortel de Bachus, & par ceste mesme
vertu auec laquelle vous fistes en sorte que ceux de Locres tenoient l'Y-
urognerie pour vn crime digne de
mort, esloignant si fort ce vice des
pensees de Moscus le Sophiste, &
d'Apolonius de Thianee, qu'ils hays-
soient plus que la mort les Phiga-
lees, qui ne pouuoient viure ailleurs
que dans les caues. Ie vous coniure
de vouloir destourner la mauuaise
habitude qu'ont pris ceux-cy de s'enyurer tous les iours : Si vous leur faictes ceste grace, ils feront des vœux
deuant vostre image pour la santé
qu'ils auront recouuree par vostre
moyen. Demeurez doncques en
paix, ô puissante deïté, & assistez de
vostre aide les pauures Fols, qui en
ont bien grande necessité.

D iiij

De Fols desnuez de memoire & d'entendement.

DISCOVRS VI.

Ernel, entre les modernes,
 finissant la Folie , Elle
n'e autre chose (dict-il)
qu'vne priuation, ou bien
vn defaut d'imagination, ou d'entendement : si bien que ceux qui en
sont trauaillez peuuent à peine dés
le commencement apprendre à parler , à cause qu'ils n'ont point d'esprit. & vn peu plus bas il adiouste:
Qu'on doit mettre en ceste mesme
cathegorie vne memoire labile, &
qui s'euanoüist aussi tost. De la perte de ceste memoire s'engendre ceste
race de Fols, qu'on appelle ordinairement gens sans memoire, & qui

oublient toutes chofes. Il eſt fort
aiſé de les cognoiſtre, en ce qu'ils
n'ont du tout poinc de diſcours, &
qu'ils ne poſſede vne ſeule eſtincelle de meditation. Ces paroles de
Galien n'eſtant que trop veritables,
àſçauoir qu'vne grande & ordinaire meditation de choſes rend la memoire recommandable. Il eſt vray
neantmoins que ces Fols peuuent
eſtre faiſts tels, tant par vn vice de
nature, que par quelque autre accident extraordinaire, quand l'homme commence à deuenir grand. Ce
qui nous eſt rendu manifeſte par les
exemples qu'en alleguent tous les
Autheurs: entre leſquels Cælius parlant de ceux qui perdent la memoire par accident, diſt que Meſſala
Coruinus, l'vn des plus excellents
Orateurs de ſon temps, perdit tellement la memoire deux ans auát que

mourir, qu'il luy eſtoit impoſſible
de lier enſemble quatre paroles bien
à propos, & capables de former vn
ſens parfaict dans l'eſprit de l'auditeur. Bibaculus a laiſſé par eſcrit que
le meſme aduint à Orbilius de Bene-
uent, allegué par Ciceron. Ce grand
Orateur parlant de ceux qui naturellement eurent la memoire debile,
dit que l'aiſné des Curions en auoit
ſi peu, qu'eſtant en iugement il ou-
blia tout le fond principal de la cauſe. Seneque attribuë à Caluiſius Sal-
binus vne memoire ſi freſle, qu'il luy
faict ores oublier le nom d'Vlyſſe,
tantoſt celuy de Priam, & maintenant celuy d'Achille, bien qu'auparauant il ſen ſouuint aſſez bien.
L'on tient pour fameuſe la Folie de
Corebe fils de Migdon le Phrygien,
à comparaiſon de la memoire de Lucian, & d'Euſtatius, ceſtuy-cy eſtoit

fi defpourueu d'entendement, que
ne pouuant calculer plus auant que
le nombre de cinq, il s'efforçoit quelquefois de conter les flots de la mer
du bord du riuage. Pline recite là deffus que les Thraces ont la memoire
fi courte, & l'efprit fi efmouffé, qu'ils
ne peuuét conter que iufques à quatre. Il dit encore & le fouftient pour
chofe tres-veritable, qu'vn certain
Atticus fils d'Herode le Sophifte
auoit fi peu de memoire, qu'il luy
eftoit impoffible de conter les premiers elements, ou les caracteres de
fa langue. La caufe de cecy felon l'o-
pinion des Medecins, procede d'vne
intemperie de cerueau qui rend en-
gourdies toutes les parties, & les em-
pefche de fe fouuenir des chofes qui
font propofees. Ie trouue remarquable entre les modernes, l'exemple d'vn certain Melchior de Baffe-

riue, en qui paroiſſoit ſi peu de memoire, que lors qu'on luy demandoit les noms de ſes pere & mere il
ne ſ'en ſouuenoit non plus que ſ'ils
ne l'euſſent point mis au monde.
C'eſt le meſme Melchior, qui ſe trouuant vn iour à la foire de Bergame
auec vn ſien amy, l'enquit ſi les Iuifs
eſtoient Chreſtiens ou non. Ie con-
cluray ce diſcours par l'exemple non
moins ridicule de Marquet de To-
lentin, lequel eſtant inuité à diſner
par certains gentils-hommes de Fo-
ligny, & n'ayant les inſtruments
propres à maſcher, dont la vieilleſſe
l'auoit priué, ſ'alla ſouuenir d'auoir
oublié chez luy quelques dents de
deuant qu'il ſouloit enter à ſa bouche auec des filets d'or : ce qui fut
cauſe que reprenant le chemin de ſa
maiſon, il y bouleuerſa toutes choſes, fouïllant iuſques à ſon grenier à

bled, où il croyoit de les auoir ou-
bliees. Voyla quels sont les extrauagances des Fols qui manquent de
memoire & d'entendemét, lesquels
ont dans l'Hospital vne chambre
qu'on nomme la retraicte de l'oubly, où se voit deuant la porte l'image du Nautonier Charon, qu'ils
tiennent pour vn Dieu propice & fauorable à leurs necessitez. C'est pourquoy nous l'inuoquerons à leur ayde en ceste priere.

Priere à Charon pour les Fols desnuez de
memoire & d'entendement.

IE m'adresse maintenant à vous, ô
vieillard Charon gouuerneur des
Marescages Stygiens, maistre du Co-
cyte, fameux Nautonier du Lethe,
& principale garde du Phlegethon:
obligez moy de tant ie vous prie,
vous qui passez les mortels au fleuue

d'oubly, de vouloir ramener par de-
ça ces pauures gens fans memoire,
lefquels ayant perdu la fouuenance
des chofes du monde, font affoupis
& plongez iufques à la gorge dans
la riuiere de Lethe. Si vous affiftez
cefte fole troupe d'vn fi fauorable
fecours, vous verrez dans le temple
que les Cizicenes ont confacré à voftre nom vne cage pleine de Gril-
lets, qu'on appendra deuant voftre
image barbuë, pour vn tefmoigna-
gnage de l'allegemét par vous donné à ces Fols. Lefquels ayans à prefent moins de memoire qu'vn Gril-
let, l'auront fi forte pour lors que le
Nocher Charon f'eftimera bien-
heureux quand il fe fouuiendra d'a-
uoir tiré des marets du Lethe ces affligez, lefquels y font enfoncez & enfeuelis. Hauffez donc le tymon de la
barque, & les paffez tout d'vn coup

tandis que la fouuenance en eſt toute fraiſche, & qu'ils en ont beſoin
plus que iamais.

Des Fols aſſoupis, & demy-morts.

DISCOVRS VII.

IL eſt encore bien raiſonnable que nous mettions
au nombre des Fols ceux
qui en leurs actions, en
leurs paroles, en leurs aduis, & en
leurs reſolutions ſont auſſi immobi-
les que les pierres inſenſibles & mor-
tes. C'eſt pourquoy nous leur attri-
buons le nom de Fols aſſoupis & demy-morts, parce qu'ils ſemblét vrayment eſtre tels en toutes les actions
qui deriuent d'eux. De ceſte race de
Fols eſtoient les peuples appellez
Gamſofantes habitás d'vne contree

de la Lybie, qui auoient vn naturel
si timide, qu'ils fuyoient la rencontre d'vn chacun, sans se pouuoir re-
soudre à viure auec hóme du monde : car s'ils estoient en compagnie,
ils croyoiét estre perdus. L'on nous
a descrit les Rheginiens d'vn naturel
semblable à ceux-cy ; l'excez de leur
faineantise & lascheté les rendit si
remarquables, qu'ils donnerent lieu
au prouerbe qui dit, *Plus timide qu'vn
Rheginien*, quand on veut parler d'vn
homme qui n'a point d'asseurance.

Est il possible de mettre en doute
l'extreme Folie, & l'assoupissemét de
cet Artemon Grec, qui demeura fort
long temps, & hors de propos en-
fermé dans sa maison entre deux
murailles, où deux seruiteurs le cou-
uroient ordinairement d'vn bou-
clier de fer comme d'vn parasol, afin
que rien ne luy tombast sur la teste
qui

qui le peuſt offenſer : que ſi quelquefois il ſortoit dehors, il ſe faiſoit
porter dans vne litiere bien couuer-
te, pour n'encourir les dangers qu'il
ſe repreſentoit ſans ceſſe deuant les
yeux. Ariſtophane, & Lucian, que
ne diſent-ils d'vn certain Plutus, lequel eſtoit ſi aſſoupy de Folie, que la
moindre haleine de vent le faiſoit
trembler depuis la teſte iuſques aux
pieds? Il eſt aduenu de noſtre temps
vn exemple aſſez memorable d'vn
certain Montferrin, lequel ayant à
faire vne harangue deuant quelque
perſonne de qualité, ne fut pas ſi toſt
monté en chere, qu'à meſme téps il
cómença de fermer les yeux ; ſi bien
qu'il peut à peine acheuer ſa prefa-
ce, áuec vne action toute tremblo-
tante. Il aduint vne autre fois qu'vn
certain Colombin de Bergame, qui
ſ'eſtimoit vn des beaux eſprits de

son temps, haranguant deuant vne
compagnie, se seruit plus de l'action
que de la langue: car tandis qu'il s'es-
chaufoit en son geste, il auoit la parole si glacee, & si froide, qu'il n'o-
soit mettre en auant sa proposition.
A cet exemple se rapporte assez bien
celuy d'vn Sallonois, lequel ayant à
plaider pour vn sien client, fut sur-
pris d'vne sueur froide, d'où luy vint
vne fieure tierce, qui l'enuoya comme en poste au royaume de Rhada-
mant. Or ces Fols sont proprement
recommandez au Dieu Santin, comme protecteur qu'il est des insensez.
Aussi son image est erigée deuant
leur chambre, parce que c'est de luy
duquel ils attendent le secours,
que nous luy demandons instam-
ment.

*Priere au Dieu Santin pour les Fols assou-
pis & demy-morts.*

C'Est de vous, pere des sens hu-
mains, vie & vigueur de nos
membres, & vertu de nos esprits,
qui donnez aux personnes insensees
& perdues l'allegemét desiré, duquel
auec vne extreme inquietude ces
pauures Fols assoupis & demy morts
attendent leur guerison. Assistez les
donc, ô puissant Dieu, afin que la
mesme hardiesse que vous dónastes
à Thesee, & à Pyrithoüs pour penetrer dans les ombres de la maison de
Dis, & l'asseurance qu'eurent par
vostre moyen Iason & Tiphys,
quand ils fendirent la mer de Col-
chos, tant pour rauir Proserpine,
que pour conquerir la toison d'or,
se retrouuant en ces insensez, ils
soient par vostre faueur deliurez de

l'affoupiffement & de la crainte qui
les poffedent. Si vous leur faictes cefte grace (comme ils l'efperent) ils
font refolus de voüer vn faiffeau
d'orties à voftre diuinité, pour recognoiffance d'auoir efté par vous feul
efguillonnez à recouurer le fens perdu. Soyez donc propice à leur vœu,
fi vous auez tant foit peu de defir
(comme ils f'y attendent) de leur
donner guerifon.

Des Fols Idiots & groſſiers.

DISCOVRS VIII.

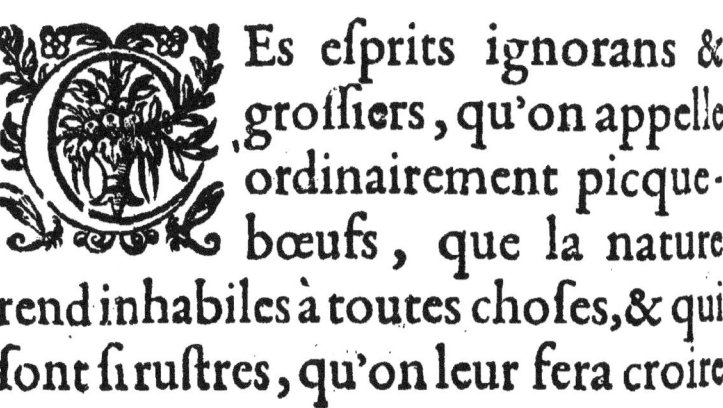

Es efprits ignorans &
groffiers, qu'on appelle
ordinairement picque-
bœufs, que la nature
rend inhabiles à toutes chofes, & qui
font fi ruftres, qu'on leur fera croire

au befoin qu'vn afne eft vn perro-
quet, font ceux que nous appellons
des Fols Idiots, ou qui fe laiffent
prendre pour dupes. Baptifta Egna-
tius faict mention à ce propos d'vn
certain Britannio, qui fut d'vn naturel fi groffier, que fon maiftre ne
luy peut iamais faire comprendre la
moindre lettre de l'Alphabet. Philonides fut grand de corps, mais fi
petit d'efprit, que lors qu'on vouloit
figurer vn vray ignorant, l'on fou-
loit dire qu'il eftoit plus afne que
Philonides. Pourroit-on trouuer v-
ne beftife pareille à celle de Ceccho,
auquel l'on fit accroire que la ge-
lee de Pologne eftoit faicte auec du
beurre ; ce qui fut caufe qu'vn iour
de vigile il n'en voulut point manger, cependant que fes cópagnons
vuidoiét la boite, difans en auoir eu
difpenfe autrefois. I'eftime encores

plus groſſier que ceſtuy-cy, vn certain Santuccio, lequel en vn deſieu
né que firent quelques bons compagnons ſur le port de Fermo mangea vne tortuë au lieu d'vne huiſtre,
leur proteſtant à tous que iamais
vne meilleure eſcaille n'eſtoit abor-
dee à ce port.

Que dirons-nous de Caſtruccio de
Rouigo, à qui on fit accroire pour
choſe toute aſſeuree que le Preſte-
jan eſtoit le Curé de leur village.
I'obmets ce qu'on raconte de Scar-
lin auquel on perſuada que le co-
cher du Domo de Piſe ſ'eſtoit mis à
la voile pour aller iuſques à Liuor-
ne, dont il eſtoit retourné à ſon lieu
d'auparauát. Mais de tous les contes
ſuſdits, il n'en eſt point de meilleur
que celuy qu'on faict d'vn certain
Andreuccio, qui fut ſi fol de croire
que dans la foreſt de Baccano, on

auoit defcouuert cinquante Galeres
Turcques qui f'en alloient aflieger
la ville de Rome, & que les noftres
auec quarante mille firingues à ba-
lon leur auoient dóné la chaffe fi vi-
uement, qu'oñ ne voyoit autre chofe dans la foreft que le defbris de ces
vaiffeaux efpars de tous coftez. Ces
lourdauts infinis en nombre nous
viennét à troupes de Valtolin, & de
Valcamonica, où ils font fi niais de
tenir pour certain tout ce qu'on leur
dict : Comme il aduint à celuy qui
creut que l'arcenal de Venife eftoit
vne boutique à vitrier, & à cet autre
qui fe perfuada, que de peur de trahifon l'on auoit exilé pour dix ans le
clocher de fainct Marc. Qui ne rira
de cet autre efprit plus pefant qu'vn
Elephant, qui creut que le Bucentaure auoit pris la botte, & que dans
vne nuict il eftoit allé en pofte de-

puis Venise iusques à Tripoly de So-
rie ? Ie laisse à part la Folie de celuy
qui se mit en la teste que le Pau auoit
pris à femme la Brante, & que les autres riuieres prochaines en estoient
si jalouses qu'elles ne se vouloient
plus ioindre à luy . Bref ie ne fais
point mention de cet esprit d'asne ou de chameau , qui soustint
qu'vn iour Montebalt de Veronne
allant à la chasse , rencontra certains
vagabonds, & que se voyant entre
leurs mains , il se mit à bander vne
vieille arbaleste, de laquelle il en tua
dix ou douze à la fois. Or ces Fols
endormis ont vne chambre dans
l'Hospital, où se voit pour enseigne
le bœuf des Egyptiens à qui on les
recommande comme à leur protecteur & aduocat. Ce qui est cause
que ie suis bien aise d'implorer pour
eux-mesmes son assistance.

Priere au Bœuf des Egyptiens pour les Fols Idiots & grossiers.

CEs grossiers & ignorans picque-bœufs recourent à vous, ô grand Bœuf des Egyptiens, appellé de tous Apis, & Serapis : Toute la faueur qu'ils demandent, puis qu'ils sont bœufs comme vous, c'est qu'il vous plaise d'empescher qu'vn iour ils ne deuiennent plus gros que des chameaux. Doncques par l'honneur que les Egyptiens vous deferent, qui surpasse celuy des Tortues, adorees par les Troglodites, celuy des Aspics adorez par les Phœniciens, celuy des Colombes adorees par les Assyriens, celuy des Cygognes adorees par les Thessaliens, celuy de la Lyonne adoree par les Ambraciens, celuy du Dragon adoré par les Albanois, celuy de la Belette adoree par les

Thebains, celuy de la Vache adoree
par le peuple de Tenede : Ie vous
prie, & vous coniure de tout mon
cœur, de leur octroyer la grace qu'ils
vous demandent : Si vous le faictes
ils appendront vn botteau de foin
deuant voftre image au temple qui
vous eft confacré, pour monftrer
qu'ils ne defirent qu'eftre mainte-
nus en l'eftat de bœufs par voftre faueur.

Des Fols efuentez & vuides de cerueau.

DISCOVRS IX.

Nous appellons efuentez
& vuides de cerueau ces
pauures Fols, qui par
l'imperfection de leurs
actions, de leurs paroles, & de leurs
penfees, appreftent à rire à tous ceux

qui les efcoutét. Tels fe faifoiét voir
iadis les Bythiniens, lefquels (cóme
efcrit Cęlius) mótoient fur les hauts
fommets des rochers, y faluoient la
Lune, & deuifoient auec elle, bien
que cet aftre ne leur rendift aucune
refponfe : qui eftoit vne efpece de
Folie, laquelle trauailloit encore les
Boetiens.

Ie pourrois alleguer entre les plus
nouueaux l'exemple d'vn nommé
Franchin, lequel ayant toufiours la
tefte à l'efuent, prenoit tous les ma-
tins la quenouille de fa mere, agee
d'enuiron feptante ans, & fe mettoit
à filer au Soleil prés d'vne feneftre:
De quoy f'aduifant la vieille, & qu'il
luy gaftoit entierement fa filaffe, elle
eftoit contrainte de fe ietter fur luy,
toute forcenee, & de la luy rompre
fur la tefte. Vn fien voifin le furpaf-
foit encore en Folie: car bien qu'il

fuſt aagé de quarante quatre ans, s'il
aduenoit que ſon pere l'enuoyaſt à
la metairie pour voir ce que les moiſ-
ſonneurs y faiſoient, au lieu d'y prendre garde il paſſoit tout le iour à
ioüer auec les enfans, puis s'en re-
tournoit à la maiſon ſans y pouuoir
rendre conte de ſa commiſſion à celuy qui l'auoit enuoyé. Il y en eut vn
autre au chaſteau de Bubano en la
Romaigne, auquel eſtant enioinct
de la part de ſon maiſtre de porter à
diſner à quelques manœuures, il s'alla cacher dás vn bled, où ſ'employa
tout le iour à faire des chalumeaux,
tandis que les laboureurs l'attendoient auec vne eſtrange appetit.
Mais il n'eſt point de conte pareil à
celuy d'Antonin de Bufalore, lequel
à ſon retour de Rome remplit vne
petite valiſe de taons & de mouſches
gueſpes, qui ſont en grande abon-

dance en ceste contree. S'estant donc
chargé de ce beau butin, il ne fut pas
si tost arriué en son païs, qu'il fist dire à ses parens & amis qu'ils ne man-
quassent de le venir voir, & qu'il leur
auoit apporté de Rome tout plein
de belles besognes, dont il leur desi-
roit faire part. Ses parés l'auoient de
tout temps tenu pour vn Fol, mais
à ceste fois il le fut vrayment à leur
dommage, car les ayant tous tirez en
vne chambre, il ouurit tout à coup
sa belle valise, d'où sortit vn esca-
dron de taons & de guespes, qui s'at-
tachans aux yeux & au nez des vns &
des autres, appresterent à rire à tous
ceux qui depuis en ouyrent le recit.
Il est donc vray que les Fols de ceste
engeance sont tous appellez esuen-
tez & vuides de cerueau, & que dans
l'Hospital l'on voit pour enseigne à
la porte de leur chambre, la Brebis

des Samiens, que nous inuoquerons
de la forte afin qu'elle leur foit fauorable.

Priere à la Brebis des Samiens pour les
Fols efuentez & vuides
de cerueau.

SI l'honneur qui vous fut deferé
par les anciens Samiens, ô vene-
rable Brebis , eft tel de foy-mefme,
qu'il furpaffe de beaucoup la gloire
que les Delphiens attribuerent iadis
au loup voftre ennemy : f'il eft vray,
dis-ie, qu'il deuance le refpect que
les Romains portoient à l'Oifon, &
les Egyptiens au Bouc: Bref fi voftre
culte eft fi folemnel qu'il ne f'en eft
iamais veu de femblable parmy toutes les nations de la terre: par ce mefme honneur, & par ce culte diuin, ie
vous prie maintenant d'auoir le mefme foin de ces pecores , que le de-

uoir & la neceſſité requierent, & ce
d'autant plus, que ſi vous ne leur
eſtes ſecourable au beſoin, vous les
deſpiterez tout à faict, & ruinerez
entierement le zele qu'ils ont à voſtre ſeruice. S'il vous plaiſt donc de
les aſſiſter, ils offriront à voſtre image ſacree vn fromage de brebis de
Galdo, ou de Riminy, & ſ'eſcrie-
ront tous à voſtre honneur, Viue la
Brebis des Samiens, & toute ſon
engeance.

Des Fols Badins & Sibilots.

DISCOVRS X.

L se trouue vne nichee de Fols, qu'on appelle or-dinairement Badins ou Sibilots, qui font aifez à cognoiftre, en ce qu'ils ne font ia-mais rien qu'à contre-temps, ne par-lent iamais à propos, & ne profe-rent aucune parole auec la bien fean-ce requife, ains en tous leurs mou-uemens, & en toutes leurs actions fe monftrent fi extrauagans, que ce n'eft pas fans raifon qu'on les nom-me eftourdis & lourdauts. Ciceron en fon 2. liu. de l'Orat. declarant le naturel & la proprieté d'vn de ces Fols, *Il ne voit* (dit-il) *ny ce que le temps requiert, ny ce qui eft bon à dire : que s'il*

eft

eſt queſtion de parler, il le faiᘯ auec vanité, ſans auoir eſgard au rang qu’il tient, ny
à la commodité preſente. Bref ie tiens pour
extrauagant & groſſier celuy qui en quelque aᘯion que ce ſoit, en dit peu ou beaucoup ſans raiſon, & ſans bien-ſeance. Il
me ſemble qu’on peut mettre fort à
propos au rang de ces fols cet ancien
Amphiſtides, dont il eſt faiᘯ mention dans Cœlius, qui fut ſi groſſier
& ſi lourd, qu’il doutoit ſ’il eſtoit
né de pere, où de mere, comme les
autres. Il y faut encore ranger le Medecin Aceſias, lequel en la procedu-
re ordinaire de guerir ſes malades, les
traiᘯoit touſiours au rebours des
autres : Ce qui donna lieu à ce prouerbe, *Aceſias l’a medicamenté.* Parmy
nos modernes, il ſ’eſt trouué vn excellent Fol de ceſte eſpece appellé
Meſſer Franceſquin de Montecucul-
lo, lequel ayant vn iour à defendre

F.

vn sien client, allegua des textes &
des gloses toutes contraires. Qui ne
blasmera la folie de cet Apothicaire
de Castellino, lequel au lieu de donner à vne seruáte d'vne certaine pou-
dre sthomacale, luy vendit de l'arce-
nic christalin, dont la pauure femme mourut. Quel plus digne mar-
miton pourroit-on trouuer que celuy auquel son maistre ayant commandé d'escumer le pot, en mit dehors tout le boüillon, y laissant la
chair à sec, qui se trouua rostie plustost que boüillie. A ceste Folie fut
conforme celle de Sebastien du Mót-
cenis, lequel estant au seruice d'vn
certain seigneur de Naples, sur le
cómandement qu'on luy fit de mettre sur table des oranges, & des ci-
trons, s'en alla dans le iardin où il ar-
racha tous les petits orangers & ci-
troniers, auec toutes les plus belles

plantes qu'il y trouua, dont il fit vn
faiſſeau & l'apporta ſur la table. Ie
ſuis content d'alleguer icy cet autre
exemple de Lucchin de Fuzolare, lequel ſeruant vn vendeur de Maluoi-
ſie, ſon maiſtre luy ayant commandé d'entretenir vn honneſte homme
de ſes amis, & de luy percer tous les
tonneaux de la caue afin qu'il gou-
ſtaſt du meilleur, prit vne hache, &
en rompit trois ou quatre, faiſant
reſpandre tout le vin, auec deſſein
de n'eſpargner non plus tous les autres, ſi ſon maiſtre ne ſ'en fuſt apperceu. Nous conclurons ceſte eſpece
de Folie par l'exemple du ſeruiteur
d'vn Eſpicier de Veniſe. Le maiſtre
de ce gentil valet auoit mis vn iour
dans vn chauderon vne gráde quantité de cire pour en faire des flambeaux; quand il prit fantaiſie à ce fal-
lot de luy demander quelle matiere

bouilloit là dedás ; à quoy le maiſtre
ayant reſpondu ſans rire que c'eſtoit
du ſucre & dû miel pour en faire des
confitures , le valet ne perdit pas
temps là deſſus : ſi bien que voyant
ſon maiſtre à l'eſcart , il remplit vn
verre de ceſte cire encore tiede , &
l'auala tout entier. mais ceſte liqueur
luy englua la lágue, les déts, & la gorge de telle ſorte qu'il faillit à creuer,
& fut contrainct de le declarer à ſon
maiſtre , auquel ceſte extrauagance
fut vn ſujeĉt de riſee & d'eſtonne-
ment. Voyla donc les Fols Sibilots
& Badins , qui ont leur chambre
dans l'Hoſpital , & pour leur enſeigne la Deeſſe Bubone , à qui ceſte
priere s'addreſſe.

Priere à la Deeſſe Bubone pour les Fols Badins & Sibilots.

CEs Oyſons de la Romaigne, ces
Moutons de la Pouïlle , & ces

Afnes de la Marche fe recomman-
dent à vous , ô trois fois heureufe
diuinité, amie de Pan , mâiftreffe de
fes troupeaux, & fidele garde de fes
Bœufs. Ils vous coniurent auffi pour
l'amour du taureau de Pafiphaé, de
l'Afneffe d'Arifton l'Ephefien, de la
Cheure du Berger Cratis, & de la
Iument que Fuluius aymoit auec tát
de paffion, qu'il vous plaife de con-
feruer & defendre ce troupeau , qui
ne differe pas beaucoup des animaux fufdits. Pour recognoiffance
de ce bienfaict, s'il aduient que vous
les preniez fous voftre protection,
comme ils ne demádent pas mieux,
ils vous confacreront vn excellent
Bufle,& chanteront à voftre loüange vn bel Hymne, lequel en chaf-
que verfet comprendra le nom de
Bubone, & du Bufle enfemble. Affiftez donc à ces Bufles fi vous vou-

lez que la victime soit offerte auec la
gloire & la bien seance requise.

Des Fols Goffes & Maufades.

DISCOVRS XI.

'O N voit d'ordinaire parmy les hommes, certains
malheureux qui ont si
peu de grace en leurs difcours, & si peu d'induftrie en leurs
affaires, que ce n'eft pas fans raifon
qu'on les appelle des Fols Maufades
& Goffes. Que s'il eft queftion de
s'en remettre aux exemples des anciens efcriuains, il faut dire de neceffité que Melitides rapporté par Homere, fe fit paroiftre de cefte efpece
de Fols : lors que la ville de Troye
eftant defia reduite en cendre, il mit
vne armee fur pied pour luy donner

du ſecours : d'où vient que Lucian
appelle *vne aſſiſtance de Melitides*, celle qui nous viét hors de ſaiſon, & de
temps. Ariſtophane rapporte encore l'exemple d'vn certain Mamma-
cus, qui fut ſi mauſade en ſes actiós
que tous ſes ſemblables ſont appellez de ſon nom *Mammacures*. Ceſte
troupe de Fols eſt auiourd'huy grandement honoree par la preſence de
Meſſer Gratian de Bologne, qui diſ-
court d'vn tel biais ſur le theatre,
qu'il eſt impoſſible de l'ouïr & ne
rire point pour ſon argent : car outre que ſon diſcours eſt croteſque &
mal lié, ſon geſte groſſier, ſa voix
diſſonante, & ſon action ridicule,
il faict certaines concluſions, dont
les conſequences ſont capables de
faire admirer ſon eſprit inimitable
en Folie. Il a pour compagnon Iac-
ques de Puzol honneur de noſtre

aage, parce qu'en ses desmarches il paroist vn second Aristogyton. S'il entame vn discours, l'on diroit qu'il a la bouche pleine de boulie, s'il fait quelque geste, il semble vouloir nazarder la nature & l'art. Bref de quelque chose qu'il discoure, il est impossible d'ouyr vn plus grand falot. Que dirons-nous de cet illustre badin d'Andreucio de Maran, lequel lisant vn contract en Latin, comme il voulut faire entendre que certaines terres auoient esté donnees à ferme pour la somme de deux cens liures Venitiennes, exprima sa riche conception en ces beaux termes, *Moneta autem Venitiana valebat ducentis libribus pro affitandis illis campibus.* Que dirons-nous encore de ce braue Pedant, qui voulant expliquer le commencement de Caton : *Cum ego Cato animaduerterem quam plurimos homines errare in via morum*, en fit la traduction de la forte. Bien que moy Caton ne fceuffe que trop bien qu'il y auoit affez d'hómes qui faifoient les vagabonds dans le chemin des Mores. A ton iamais veu de meilleur Logicien que ceftuy-cy, qui donnant l'interpretation de ce vers,

Cæfare, Cameftres, feftino, baroco, darapti,

dit que les genfdarmes de Cefar eftoient arriuez à Meftre, & continuant fur cet autre vers,

Felapton, difamis, datifi, brocardo, ferifon.

Il adioufta que Cefar dit à Philippe Antoine, & à fes amis, embroches-moy bien ceux-cy auec le fer.

Y euft-il iamais vne plus grande Gofferie que celle de Martinel de Ville-franche, lequel efcriuant à vn fien fils, mit au deffus de la lettre,

Au diuin efprit de mon cher enfant André Scarpafia, qui prend leçon du plus grand

Medecin qui soit dans Bologne, & qui dans trois ans deuiendra vn autre Escula-pes, si le bon Dieu le conserue en sa grace. Telle est l'engeance des Fols Goffes & Mausades, qui ont pour leur pro-tecteur le Dieu *Fatuellus*, qu'ils sa-luent comme il s'ensuit.

Priere au Dieu Fatuellus pour les Fols. Goffes & Mausades.

PLaise à vostre diuinité, grand Monarque des Goffes & Fantof-me des Fantofmes, pour la confor-mité qu'il y a de vostre nom à celuy de ces affligez, de les fauorifer de vo-ftre Genie. Ils vous en coniurent par le temple que vous auez à Valca-monique, où aborde tous les iours vne infinité de Fols, qui dependent absolument de vostre iurifdiction. C'eft encore leur intention de vous prier, si vous eftes fol de nom, de

ne l'eftre en effect enuers eux. Si
vous le faictes, ils vous en ferót rede-
uables toute leur vie, & obligez de
n'addreffer leurs vœux qu'à voftre
feule diuinité, vous offrant vn Gof-
fre, pour memoire qu'affiftez de voftre grace, ils ne feront plus Goffes
à l'aduenir.

Des Fols Vicieux.

DISCOVRS XII.

E monde eft encore peu-
plé de certains Fols, lefquels auec tout leur de-
faut de cerueau, & leur
perte de fens, ne laiffent pas de rete-
nir en eux certains vices qui proce-
dent veritablement d'vn efprit peruers & corrompu, dont ils fe feruent
pour regimber comme des mulets,

contre ceux qui les approchent. Il
m'a semblé bon de leur donner le
nom de Fols Vicieux, n'ayant point
trouué de mot qui fuft plus conforme, ny plus conuenable à leur caprice. Ie mettray à la tefte de ceux-cy
vn certain Cippius, lequel eftoit
vrayement fol en ce qu'il permettoit
que les autres fe ioüaffent auec fa
femme ; & Vicieux auffi lors que
pour ne paroiftre coccu volontaire,
il faifoit femblant de dormir cependant qu'on eftoit en befogne auec
elle. De cefte mefme cathegorie
eftoit vn autre fol, qui dans l'hofpital de Milan faifoit venir à foy les
eftrangers, difant qu'il leur vouloit
faire voir la valee de Iofaphat, furquoy fe defcouurât peu à peu, il leur
monftroit fon derriere. Il y en auoit
vn autre lequel auec vne malice encore pire, inuitoit chacun à s'appro-

cher de ſon lict, d'où ſe leuant tout à
coup, il mordoit les vns, & caſſoit ſó
pot de chábre ſur la teſte des autres.
L'on faict encore ce conte d'vn certain autre Fol Vicieux, que ſ'eſtant
mis en vne feneſtre, il vit vne belle
fille de l'autre coſté de la ruë, à laquelle il demanda ſi elle l'aimoit, ſur
quoy la belle ayant reſpondu que
non , parce qu'il eſtoit vn badin;
auſſi n'ay-ie point d'autre intention,
repliqua le Fol , que de vous le faire
en badinant , & par forme de ieu.
Toutes ces Folies ioinctes enſemble
n'eſgalent point celle d'vn certain
Norandin de Sauignan, Fol grandement malicieux, lequel ayant ſceu
qu'on faiſoit quelques diſputes dás
la ville de Sezenne, ſ'y en alla tout
auſſi toſt, & fendant la preſſe à la faueur d'vn baſtó qu'il auoità la main,
dict tout haut deuant l'aſſemblee, *Ie*

souftiens ceſte conclufion que Sauignan n'eſt
eſloigné de Sezenne que de dix mille : que
l'vn eſt maſle, & l'autre femelle, & que
plus de gens m'eſcouteront, moy qui ſuis Fol,
que vous autres qui eſtes ſages. C'eſt ainſi
que ſe gouuernent les Fols Vicieux,
qui recognoiſſent pour ſouueraine
diuinité la Deeſſe *Themis*, de qui
nous implorons l'aſſiſtance, comme
il ſ'enſuit.

Priere à la Deeſſe Themis pour les Fols Vicieux.

O Grande fille du ciel & de la terre, l'amour & les delices de Iupiter, ne vueillez point eſtre chiche
de voſtre ſecours, à ceux qui Fols &
vicieux l'implorent à iointes mains.
Faictes en ſorte là haut au ciel, que
voſtre pere les remette en leur bon
ſens, & qu'il les gueriſſe de leur Folie. S'il aduient qu'ils obtiennét cela

de vous, ils offriront vne Mule d'Eſ-
pagne dans voſtre temple , eſleué
prés du fleuᵛe Celiſe,où les Beotiens
font leurs vœux: Ce qui ſeruira de
teſmoignage à la poſterité de voſtre
pouuoir , & de leur deliurance.

Des Fols deſpiteux & pleins de caprices.

DISCOVRS XIII.

L eſt des hommes qui
ont l'eſprit ſi mal faict,
qu'au moindre meſcon-
tentement qu'ils reçoi-
uent , ils ſ'en tiennent tellement
offenſez , qu'ils n'ont iamais de repos, iuſques à ce que par vn excez de
Folie ils en ont tiré leur raiſon. Cela
faict que leurs inimitiez prennent
accroiſſement à l'eſgal des iniures
qu'ils croyent receuoir d'autruy, tel-

tellement que les chofes en viennét
bien fouuent à de fi grandes extremitez, qu'il eft mal-aifé de remedier
aux boutades de ces Fols defpiteux
& pleins de caprice. L'on peut alleguer pour exemple de cecy, celuy de
Cleomene, à qui Plutarque attri-
bue des forces prodigieufes. Ceftui-
cy fe voyant fruftré d'vne certaine
recompenfe qu'il croyoit auoir iuftement meritee par fa vertu, f'en of-
fença tellement, que pour f'en van-
ger, ayant vn iour mis le pied dans
vne falle où l'on enfeignoit publiquement, il f'appuye fi fort de l'ef-
paule côtre vne colomne qui la fou-
ftenoit, que l'abattant tout à faict, le
plancher vint à fondre fur le maiftre
& fur fes efcholiers, qui refterent ac-
cablez foubs le faix. Il n'eft pas hors
de propos de ranger parmy ceux-cy
ce Marganon, dont parle l'Ariofte,
à qui

à qui la mort de deux siens enfans
fit tellement abhorrer le sexe feminin, qu'il traictoit cruellement toutes les femmes qui luy tomboient
entre les mains. Il s'est trouué de nostre temps vn Fol de ceste mesme espece, si mutin & si quereleux, que
pour la teste d'vne puce il eust que-
rellé tout le monde. Ce galland
n'entroit iamais en ses fougues, qu'il
ne semblast desfier toutes les forces
du Turc, par ses actions forcenees.
L'on faict ce côte de luy, qu'vn iour
s'estant offencé de ce qu'vn certain
l'auoit appellé teste de rebec, il luy
porta vn si furieux coup de poing,
que l'autre l'ayant eschiué, le Fol s'en
demit le bras contre vne colomne,
accident qui l'irritant encore plus
fort, luy fist empoigner vne balle de
marbre pour le frapper pour la se-
conde fois : mais il le manqua dere-

chef, & fe bleffa luy-mefme du bond
que la balle fift hors la muraille, là
deffus il f'en alla droit à fon ennemy,
pour luy donner de la tefte dans l'e-
ftomac , ce qui fut le pire de fon
mal:car l'affailly parant à ce coup, le
miferable Fol f'efcarbouïlla toute la
tefte contre le mur , & alors voyant
qu'il n'en pouuoit plus, lafchant in-
difcretement vn coup de canon par
derriere. Or va luy (dit-il) prends
ceftuy-là fi tu peux, puis qu'il m'eft
impoffible de me vâger autrement.
Le fegnor Crefpin fuft encor vn Fol
bien depiteux, & qui ne le tefmoigna que trop, lors qu'vn certain luy
difant vn iour (parce qu'il eftoit laid
de vifage) Dieu vous gard le beau
fils:cefte ironie luy fuft fi defplaifan-
te, qu'ayant vn fourmage à la main
il le ietta contre ce rieur. Mais comme il vit que luy-mefme prenoit le

fourmage, & qu'il s'en alloit auec
deſſein de le manger, il luy lança par
derriere vn couſteau, que ſon ennemy prit encore pour s'en ſeruir : &
d'autant qu'il ſe trouua prés de la
boutique d'vn boulager, il luy ietta
de cholere deux ou trois pains, que
l'autre amaſſa fort bien pour les
manger auec ſon fourmage. En fin
luy voulant ietter vne bouteille ſans
vin, remplis là (ie te prie auparauant,
luy dit l'autre, & tu me feras grand
plaiſir:) paroles qui eſmeurent ſi fort
ce Fol, qu'il courut à vne fontaine
pour la remplir, & ſe mit en deuoir
de la ietter cóme il auoit fait le reſte.
Sur quoy ce bon compagnon ayant
pris la fuitte, voyla qui eſt bon, luy
dit-il en riant, mais cependant le
couſteau, le fourmage, & le pain me
demeureront, pour toy tu garderas
la bouteille & ton eau, & ainſi nos

parties feront efgales. L'on ne fçauroit voir vn exemple plus fignalé de
cecy, que celuy qui eft rapporté par
le diuin Ariofte, lequel parlant de la
malheureufe Gabrine, dit que cefte
maudite vieille chercha par toute
forte de depit & de rage à perdrele
miferable Zerbin, fás auoir la moindre pitié de fa fortune, comme enragee qu'elle eftoit, & tout à faict endiablee.

Ces Fols font donc à bon droict
appellez Capricieux & pleins de Depit, & ont dans l'Hofpital vne chambre, qui a pour enfeigne la Deeffe
Nemefis, à laquelle nous addrefferós
nos prieres pour leurs fecours, puis
que c'eft elle qui prend le foin de ces
pauures Capricieux.

Priere à la Deeſſe Nemeſis pour les Fols
Depiteux, & pleins de Caprice.

EMbraſez de toute l'ardeur, & de
tout le zele qu'on ſçauroit dire,
nous implorons voſtre ſecours &
voſtre faueur, (ô puiſſante Deeſſe)
que les anciens ont appelléeRhánu-
ſia,parce qu'à Rhanonſe ville de l'A-
ſie, ſe voit voſtre ſtatuë faicte de la
main de l'excellent ouurier Phydias.
Nous ſçauons que ces pauures Fols
Depiteux ne peuuét auoir vne meilleure ayde que la voſtre , puis que
tout le monde tient que vous ſeule
leur pouuez donner gueriſon, à cauſe que c'eſt voſtre ordinaire de cha-
ſtier les meſchans & les criminels:
S'ils receuoient l'allegement qu'ils
ſe promettent d'vne ſi puiſſante
Deeſſe , aſſeurez vous que dans le
temple d'Adraſte conſacré à voſtre

honneur, ils ne máqueront de vous
offrir vn panier tout plein d'aulx, fa-
luans tout enfemble le nom d'Adra-
ftie pour remerciement du bien que
vous leur aurez faict.

Des Fols Ridicules.

DISCOVRS XIIII.

'ON rencontre quelque-
fois certains Fols , qui
font des chofes fi eftranges, & fi extraordinaires,
qu'elles appreftent à rire à quicon-
que les efcoute & les voit, tant pour
leur nouueauté, que pour leur extrauagance : De là vient qu'ils font appellez des Fols Ridicules, leur nom
eftant conforme aux effects qu'ils
produifent de iour en iour. L'Hifto-
rien Iuftin defcriuant les ridicules

lies d'Anthiocus Roy de Syrie, dit
qu'il frequentoit indifferemment
auec toutes fortes d'hommes, foit
qu'ils fuffent nobles ou non, & qu'il
fe plaifoit plus à boire auec des gens
de peu, qu'en la compagnie de fa no-
bleffe. Si luy-mefme fçauoit qu'en
quelque maifon de la ville fe fiffent
des affemblees de ieunes gens, pour
fe refiouyr auec eux, il f'y en alloit
auec fon luth : Quelquesfois auffi
apres auoir pofé fon manteau royal,
il rodoit par la ville, & prenoit par
la main les vns & les autres, les priãt
de luy donner leur voix : car il vouloit fouuent eftre faiĉt Edile ou Tri-
bun du peuple à la façon des Romains. Mais ce qu'il auoit de plus
blafmable eftoit de faire des grimaces, & de fauteler comme vn bouf-
fon deuant des perfonnes de qualité, qui en deuoient rougir de honte

pour luy. Parmy les Fols ridicules
qu'on a veus de noſtre temps, il eſt
raiſonnable de reſeruer vne niche
pour y mettre Meſſer Petruccio de
Biagraſſo, qui ſ'en va recueillant de
tous coſtez le fient des cheuaux &
des bœufs, dont il faict prouiſion
chez luy, diſant qu'en temps de fa-
mine cela luy pourra bien ſeruir à
faire des gaſteaux pour en viure mal-
gré les vſuriers. Michelin n'eſt pas
moins ridicule, lors qu'au plus fort
de ſes Folies, & en plein Eſté il ſe
couure d'vn corcelet & d'vn manteau bien fourré, & d'vne targe à la
Romaine, diſant qu'il le faict exprés
pour empeſcher que les rayós du Soleil ne ſoient aſſez forts pour penetrer iuſques à ſa peau, & ainſi le faire ſuer. Meſſer Santricio ſuit de bien
prés ſa Folie, en ce qu'il ne faict autre choſe durant la plus forte cha-

leur de l'Esté que prendre & escor-
cher des grenoüilles, dont il porte
les peaux chez vn pelletier, disant
que iamais aucun Empereur Romain n'eust vne robbe doublee d'v-
ne si precieuse fourure que celle de
ces animaux. Voyla quels sont les
Fols Ridicules, ainsi appellez, parce
qu'ils font ordinairemét des actions
capables de faire rire vn chacun. Deuant leur chambre est l'image du
Dieu Momus adoree par les anciés,
& fort conuenable à ceux-cy, comme à leur propre diuinité: c'est pourquoy nous l'inuoquons solemnelle-
ment par la priere suyuante.

Priere au Dieu Momus pour les Fols
Ridicules.

IE ne puis, si ie ne m'esclate de rire,
me tourner vers vous, fils de Iupiter, ou de Bachus, amy des bouffons,

compagnon des yurognes, ennemy
du chagrin plus que de la peste,
nourriſſon de Venus, partiſan de
Cupidon, penſionnaire de la Deeſſe
Flora, galant homme pour la vie,
honneur des meilleurs compagnons
du monde, & aduocat fiſcal du bon
temps. Faictes ie vous prie, en faueur
de ceux-cy vn ris qui penetre iuſques aux cieux : car auſſi bien tous
ces pauures Fols ridicules mourroient d'ennuy ſans vous, & l'on ne
verroit que melácholie dans l'Hoſpital : mais vous leur faictes ceſte
grace particuliere de ſe reſiouyr en
tout temps, tellement qu'il vous ont
ceſte obligation de ne ſ'attriſter iamais par voſtre moyen. Auſſi ſil
vous plaiſt de continuer en eux ceſte
commune allegreſſe, aſſeurez-vous
qu'ils feront retentir voſtre temple
de tát de cris de reſiouyſſance, qu'on

n'en ouyt iamais de tels dans les fe-
ſtins d'Heliogabale, ou de Commodus.

Des Fols Glorieux.

DISCOVRS XV.

E plus grand nombre de
Fols qui ſe trouue au-
iourd'huy eſt de ceux deſquels faiſans vn recit honorable, nous dirons qu'ils ne peuuent eſtre qualifiez d'vn plus bel epithete, que de celuy de Glorieux : Car
ils n'ayment, ne recherchent, & ne
deſirent rien auec plus de paſſion
que la gloire du monde : de laquelle ils ſont plus amoureux que les aua-
res de l'or, les ours du miel, & les
abeilles des fleurs. Ils ſont ſi auides
& gourmands de ceſte fumee d'hon-

neur, qu'ils s'en repaiſſent comme
d'vne viande delicieuſe : Tellement
que les forces de leur eſprit ne ſont
pas aſſez fortes pour penetrer dans
les belles ſentences que les Sages ont
proferées contre eux, cóme eſt celle
d'Ariſtote qui dit au liure de ſes Se-
crets par luy enuoyez à Alexandre,
Qu'il n'eſt point de force capable de ſouſte-
nir la peſanteur de l'orgueil : Celle d'A-
riſtofane, qu'il ne faut point nourrir
des Lyons dans vne ville (c'eſt à dire
des glorieux:)celle de Demades, qui
ſe met à dire tout haut, voyát qu'on
vouloit deferer des honneurs diuins
au grand Alexandre : *Prenez garde ci-*
toyens à ne raualer au profond de la terre
ce glorieux,lors que vous croyez de l'eſleuer
iuſques dans les cieux. Ces courages altiers ſe laiſſent tellement aueugler à
ceſte maudite ambition qui leur tra-
uerſe le cœur, qu'ils en perdent tout

à faict l'entendement, courans à toute bride apres la moindre eſtincelle
d'honneur qu'ils deſcouurent, bien
qu'elle ſoit auſſi volatile que le vent.
Leurs paroles ſentent auſſi bon que
le baume , & ne ſortent iamais de
leur bouche, qu'ils ne les ayét auparauant remachees comme du ſucre
fin. Leur contenance eſt formee par
ſymetrie dás le iardin des Graces, &
leurs pas ſont meſurez auec les inſtruments d'Archimede , afin que
l'vn ne ſe trouue plus long que l'autre : leur port eſt comme celuy d'vn
Paon qui faict la rouë , ou d'vn coq-
d'Inde qui ſe pourmeine dans vne
baſſe court : ſils ſont aſſis, le moindre d'eux veut qu'on l'eſtime vn Iupiter ſur vn throſne d'or. Bref leur
mouuement eſt tel que celuy d'vne
tortuë qui faict brandiller ſa queuë
en marchát, leur demarche eſt com-

celle de l'oiſon, & leurs yeux pareils
à ceux d'vn chat qu'on amadouë.
Pour le dire en vn mot, toutes leurs
actions ſont ſi bien affectees, qu'il
n'eſt rien ſi eſtrange, ny ſi ennuyeux
que leur maniere de viure.

Les eſcriuains mettent au nombre
de ceux·cy quelques peuples de la
Gaule qui ſe vantoient d'eſtre ſortis
du ſang Troyen,& ſ'appelloient freres des Romains. Virgile y range
encore vn certain Mnrrhan,

Qui publioit par tout le nom de ſes Ayeux,
Dont les faicts agguerris le portoient iuſque
  aux cieux.

Les Autheurs nous ont propoſé
pour vn bel exemple de ceſte eſpece
de Folie le trompete d'Enee appellé Miſene, lequel euſt ſi bonne
opinion de ſoy, qu'il oſa bien defier
les Tritons, & les Dieux Marins.
Ainſi Marſyas voulut entrer en lice
auec

auec Apollon, & Thamyre Thracien esgaler ses chansons à celles des Muses. Ie laisse à part l'exemple d'Aragne, qui se vanta de trauailler en laine aussi bien que Minerue, & celuy de Cassiopé fille de Cephee, qui creut pouuoir gaigner l'aduantage aux Nereides, cóme vne autre Niobé qui vouloit estre preferee à Latone, Antigone fille de Laomedon, à Iunon, & Lychione fille de Deucalion à Diane.

Il est hors de doute que ceste troupe de Fols glorieux surpasse en nombre toutes les autres, comme on l'a tousiours recogneu par effect. Que dirons-nous de cet humain Remulus, lequel s'en faisant trop à croire, accusoit de mollesse, & de lascheté les Troyens assiegez dans l'Italie, vsant contre eux des paroles iniurieuses, & qui ne respiroient qu'or-

H

gueil? Qui ne se mocquera de ce Ma-
rius, lequel bien que sorty de la lie
des peuples appellez Boyens, *fut si
effronté* (dit Tacite) *que de se vouloir faire
Dieu?* Qui ne rira du Grammairien
Apion qui promettoit infaillible-
ment de rendre immortels ceux ausquels il dedieroit ses escrits? Vn semblable traict de Folie trauersa le Medecin Menecrates qui pour toute re-
compense ne demandoit autre chose aux malades qu'il guerissoit, si-
non qu'ils le tinssent pour Iupiter.
L'Heretique Nestorius fut frappé
à ce mesme coin, lors qu'il se flata tellement en vne harangue qu'il fit
à ceux de Constantinople, qu'il leur
promit de les mettre tous en Para-
dis le lendemain. Ces maistres Fols
estoient costoyez de prés par vn
certain Palemon docte Pedant, s'il
en fut iamais, qui auoit accoustumé

de se vanter, que les bonnes lettres
nees auec luy, mourroient si tost
qu'il viendroit à mourir. Mais à quel
propos oublier Pol de Samozate,
qui par les places & par les ruës s'en
alloit publiant sa doctrine, & auoit
des Secretaires à gages, qui ne fai-
soient autre chose qu'escrire tout ce
qui luy venoit à la bouche ? Pour
quoy ne mets-ie en auât l'Empereur
Domitian, qui vouloit qu'on l'ap-
pellast Dieu? ces paroles d'Eusebe le
tesmoignent, *Domitian* (dit-il) *fut*
le premier qui se fit nommer souuerain sei-
gneur, & Dieu tout-puissant. Ie ne parle
point de cet autre Caius, qui ordóna
par Edict, qu'on eust à le deïfier, &
que des statuës luy fussent erigees
soubs le nom du tres-grand Iupiter.
Ce mesme caprice emporta vn certain Themison Cyprien, qui se fit appeller Hercule, commandant en ou-

tre qu'on luy dreſſaſt des autels.
Tout le monde ſçait que Neron eſ-
pris d'vne ambition de ſe rédre im-
mortel, voulut que le mois d'Auril
fuſt appellé Neronien, & la ville de
Rome Neropolis, comme le remarque Suetone. L'on en peut dire autant du grand Alexandre, qui ſe cha-
toüilloit ſoy-meſme quád ſes cour-
tiſans l'appelloient fils de Iupiter Ammon. A quels artifices de Ma-
thematique, & de feu n'eut recours
l'ambitieux Salmonee, lors que pour
ſe faire eſtimer vn Dieu, il imitoit le
tonnerre, & la foudre de Iupiter?
l'adiouſteray à cet exemple celuy de
Varus, lequel enchanté par les paroles des flateurs, ſe fit accroire qu'il
eſtoit le plus beau des mortels, &
qu'il chantoit plus doucement que
les Muſes. Ceſte Folie de gloire tráſ-
porta ſi auant Hannon de Cartage,

que pour faire accroire au monde plus facilement qu'il auoit en luy ie ne sçay quoy de miraculeux, il nourrissoit vne grāde quātité d'oyseaux, qu'il laschoit hors de leurs cages apres leur auoir apris à dire ces mots, *Hannon est vn Dieu.* L'on raconte encore d'vn certain Cellus, qu'estant le plus grand gueux de son temps, il tenoit cachee sa pauureté de tout son possible, afin qu'on l'estimast grandement riche. Vit-on iamais vn Fol plus sot, & plus glorieux, que cet Erostrate rapporté par Aulus-Gellius, qui pour faire parler de soy mit le feu dans le temple de Diane d'Ephese? A ceste Histoire on peut ioindre celle d'Empedocles Agrigentin, qui se precipita dans les flammes du mont Ætna, afin de faire accroire aux hommes qu'il estoit volé dans les cieux.

La compagnie de cès mefmes Fols
eft fi gráde au temps où nous fommes, que pour ce regard l'on peut
dire fans mentir, que noftre fiecle ne
doit rien à celuy du paffé. Il n'en faut
point d'autre exéple que celuy de ce
Tofcan, auffi glorieux que Trazon, à
qui quelques bons cópagnons ayát
demandé pourquoy en vne certaine
occafion il n'en eftoit venu aux
mains ; ie l'ay faict, leur refpondit-il,
parce que i'ay vne main fi pefante
qu'elle terraffe & met à mort tous
ceux qu'elle touche. Ie rapporteray
icy pour conclufion cet autre exemple de Valentin Caftel, lequel ayant
receu publiquement vn foufflet de
la main d'vn autre, au lieu de f'en
plaindre fe mit à dire en riant, *O que*
cet homme a bien faict de ne m'auoir don-
né qu'vn foufflet : car s'il m'euft außi bien
frappé d'vn coup de poing, il fe pouuoit af-

seurer d'estre tout à faict perdu. Or les
Fols de ceste espece ont pour tutelaire dans leur chambre l'image de
la Deesse Iunon, à laquelle ils sont
naturellement recommádez. Nous
implorerons donc son assistance
pour eux, en la priere qui suit.

Priere à la Deesse Iunon pour les Fols glorieux.

GRande & puissante Deesse, Reine du Ciel, femme & sœur du
grand Iupiter, qui brillez parmy les
autres diuinitez, comme le Soleil
entre les planettes, ayez ie vous prie
le soin de ces pauures glorieux, qui
semble estre bien seant à vostre diuinité : ie vous en coniure par les tiltres glorieux de Saturnienne, parce
que vous estes fille de Saturne, d'Ae-
rienne, parce que vous presidez à
l'air, de Curetis, parce que vous al-

H iiij

lez en coche ayant le jauelot à la
main ; de Lucine, & de Lucefie, parce que c'eſt vous qui faiǎes voir la
lumiere aux enfans qui viennent au
monde ; & de Soſſigena , parce que
vous liez enſemble du nœud de ma-
riage les hommes & les femmes. Se-
courez ces miferables qui attendent
de vous leur principale deféce. Vous
eſtes ceſte Opigena qui aſſiſtez les
femmes enceintes , & c'eſt vous
qu'on appelle Fluonia, à cauſe que
vous leur arreſtez le ſang quand elles conçoiuent. Par ceſte grande
puiſſance que vous auez, & par des
effeǎs ſi miraculeux, ſoyez leur fauorable & propice. Si vous le faiǎes, outre le temple que vous auez
au Promontoire Lacynien, & outre l'autel que les peuples d'Etrurie
vous ont dreſſé en la Marche d'An-
conc ; vous verrez que dans peu de

temps vn plus ſuperbe edifice vous
ſera conſacré dans cet Hoſpital, auquel vous preſiderez ſous le nom
d'Hoſpitaliere, dont voſtre mary
Iupiter ſe tient honoré: Bref chacun
vous attribuera le tiltre de Glorieu-
ſe, pour auoir aſſiſté de voſtre ayde
ceſte troupe de Fols Glorieux. Auſſi pour recognoiſſance de ce bienfaict ils ont reſolu de baſtir à voſtre
grandeur vne tour plus haute que
celle de Cremone, où ſe verront des
flambeaux touſiours allumez, pour
reſmoigner au monde que voſtre
gloire ſ'eſt renduë plus grande par
ceſte action, que par toutes les pre-
cedentes.

Des Fols Artificieux & dissimulez.

DISCOVRS XVI.

E tous les Fols dont nous auons à traicter dans ce liure, les moins blasmables sont ceux qu'on appelle artificieux ou dissimulez, qui ne sont mis en cet Hospital, que pour accompagnez les autres, lesquels meritent de tenir quelque rang parmy les plus sages, puis que selon le dire de Caton, c'est vne grande prudence de faire semblant d'estre Fol, quand le lieu le requiert.

Voyla pourquoy l'on faict grand estat de l'Astrologue Mezon, lequel preuoyant la calamité qui menaçoit les Atheniens ses compatriotes, en l'entreprise faicte côtre les Siciliens,

contrefit le Fol pour n'eſtre preſent
à vne ſi grande ruine. Nous liſons
le meſme du ſage Vlyſſe, qui pour
n'aller à la guerre de Troye, ſemoit
du ſel emmy la terre, accouplant à la
charruë diuerſes ſortes d'animaux:
de quoy nul ne ſ'apperceut qu'vn
ſeul Palamade, qui pour le deſcou-
urir expoſa ſon fils à la mercy du ſoc
& du coutre. Mais d'autant qu'il ſ'en
trouue pluſieurs leſquels tenans deſ-
ja de la Folie font les badins hors de
propos, & ſeulement pour ne plaire
qu'à autruy; nous n'entendons parler que de ceux-cy quand nous leur
donnons vne place dans l'Hoſpital,
ſoubs le nom de Fols artificieux, &
diſſimulez. Il n'y a point de doute
qu'on peut loger parmy ces bouffons vn certain Gallus Vibius, dont
il eſt faict mention dans Cælius au
6. liu. de ſes ancien. Leçons, cap. 35.

lequel contrefaisant le Fol sans l'e-
stre, le deuint en fin tout de bon, &
ainsi pour punition de sa Folie dé-
guisee il fut finalement vn suject
de mocquerie à tous les autres. Nous
auons veu de nostre temps vn certain Garbinel, lequel est si excellent
à côtrefaire le Fol, qu'il n'a point de
pareil en ceste action: si bien que ses
paroles, & ses actions sont capables
de faire rire tous ceux qui les voyent.
Pierre de Moyan luy seruit de secód
en ceste matiere : lors que les Venitiens ayans pris dans leur Estat autant de forçats qu'il leur en faloit
en vne entreprise de guerre , bien
que cestuy-cy ne desaduouast pas
d'estre forçaire comme les autres,
neantmoins pour donner du plaisir
à quelques gentils-hommes de ses
amis, auec lesquels il s'entendoit, il
se fit voir vn iour vestu en forçat, &

les fers aux pieds deuant le Capitaine de la Chorme , puis ayant pris
vne rame à la main , il se mit à vo-
guer , ioüa du sifflet , dont on vse
d'ordinaire dans les galeres , & fit
vne assez bonne traicte ; cela faict, il
tira d'vn sachet vne quantité de bis-
cuit, dont il fit part à toute sa compagnie, principalement au Capitaine, auquel il en donna vne fort bonne piece , luy disant qu'il ne falloit
plus auec cela qu'vne teste d'ail,
pour faire vn repas excellent. Em-
poignant en fin vn cimetterre à la
Turque, il le mit hors du fourreau,
au milieu de la compagnie, & se mit
à crier, *allai, allai, Mahumet russelai,*
ne cessant de combattre le vent, iusques à ce qu'estant las de se trauailler de la sorte, il se laissa cheoir comme mort en la presence de ceux qui
le regardoient. Il fit venir là dessus

vn Notaire pour faire fon teftamét,
par lequel il partagea fes biens aux
vns & aux autres, y adiouftant pour
conclufion qu'il laiſſoit au Capitaine de la Chorme le corps d'vn grand
vault-rien, & d'vn parfaict charla-
tan, qu'il le prioit bien fort de l'honorer de la fepulture,& que tout fon
defir eftoit d'eftre enſeuely dans la
fentine, comme en vn lieu conuenable & bien feant à fa prudomie,
puis qu'il tenoit rang de forçat.
Comme il côtrefaifoit ainfi le mort,
ſ'apperceuant qu'on le vouloit emporter, il fe ietta tout à coup hors du
Gallion, & dit à fon Capitaine en
riant, Afſeurez-vous Monfieur, que
de tous les forçats qui font dans vos
galeres, vous n'en auez point qui
m'efgale en mefchanceté: relafchez
moy donc ie vous prie, fi vous ne
voulez qu'on appelle voftre galere

le plus meſchant vaiſſeau qu'ait la
Seigneurie. Ceſte bouttonnerie eſ-
meut ſi fort à rire le Capitaine, que
pour auoir ſi bien faict le Fol, il luy
pardonna pour ceſte fois, le ren-
uoyant auec ces paroles : *Ie prie Dieu*
que ſi maintenant tu eſchappes la galere,
vne autres fois tu ne rencontres point le gi-
bet. Tels ſont les artifices de ces mai-
ſtres Fols , qui dans l'Hoſpital ont
mis pour enſeigne deuant leur porte vne image du Dieu Mercure, qui
preſide à tous ceux de leur troupe.
A cauſe de quoy l'oraiſon ſuyuante
luy eſt addreſſee.

Priere au Dieu Mercure pour les Fols
artificieux & diſſimulez.

Toute l'ayde qu'on peut eſperer
d'vn fils de Iupiter, & de Cyl-
lene, on l'attend de vous (ô grand
interprete des Dieux) en faueur de

ces pauures Fols, qui sont si conformes à vostre genie, que tout le monde les tient pour vos plus proches
parens: comme toutes vos rufes leur
sont manifestes, ils n'ignorét point
aussi que vous estes le Dieu des
trompeurs, vous, dis ie, qui par vne
estrange subtilité desrobastes les vaches d'Apollon, bien qu'Argus les
eust en garde. que si cela ne suffit, par
les remarquables epithetes que les
Poëtes vous donnent, vous appel-
lans Hermes, ou interprete des paroles, messager du grand Iupiter,
Maiugena, pour auoir pris naissance de Maie fille d'Athlas, Arcadien,
Cyllenien, Lygien, Agrifont, & No-
mien, ils vous coniurent tous par
leurs ardentes prieres, d'auoir tel
soin d'eux qu'il appartient à vn si
grand Dieu. Pour vous inciter d'a-
uantage à ce bien faict, ils vous re-
mettent

mettent deuant les yeux vne infinité d'actions honorables, mifes à fin
par vous mefmes , comme l'inuention de la lyre, de la lutte , du com-
merce , & de la Rhetorique : enfemble l'honneur d'auoir appris les
lettres aux Egyptiens , deliuré
Mars de prifon , & lié Promethee
au mont Caucafe, pour eftre faict
la proye d'vn vautour. Ils vous
fupplient donc derechef de ioindre à ces actions fi genereufes, celle
de leur protection : fi vous le faictes, ils attacheront au pied de voftre image dans le Temple des Phe-
neates vne peau de renard , qu'ils
vous offriront comme vn don, qui
vous eft grandement conforme &
à eux.

I

Des Lunatiques, ou des Fols par interualle.

DISCOVRS XVII.

N treuuera fort peu de gens, qui n'ayent ouy parler de ceste espece de Fols que nous appellons Lunatiques, ou fols par interualle, parce qu'ils n'affolent qu'à certain temps, & selon le cours de la Lune. Telle est l'opinion de Iulius Firmicus, quand il dit, au 4. liure de ses Mathematiques, que si la Lune se treuue mal placee, les enfans qui naissent en ce temps là deuiennent lunatiques, & tumbent quelque fois du haut mal.

De ce genre de Fols estoient Ni-

colas Francolin, & Laurens Chiog_
gia, dont l'vn à chaque nouuelle
Lune s'imaginant d'eſtre vn eſcriuice, ne cherchoit qu'à ſe mettré
dans l'eau. Luy meſme ſe figuroit
ores, d'eſtre deuenu limaçon, & ſe
mettoit des cornes ſur la teſte, pour
imiter le naturel de ce petit animal : tantoſt ſe croyant vn pour-
reau, ou vne teſte d'ail, il ſe fourroit
parmy les Iardiniers, & demandoit
tout haut, ſi quelqu'vn le vouloit
achepter, & maintenant ſe faiſant
accroire qu'il eſtoit vn Iambon,
il fuyoit les Rotiſſeurs plus que
le mort, de peur d'en eſtre mal
traicté.

L'autre au decroit de la Lune,
eſtoit ſi eſgaré de cerueau, qu'il
couroit tout nud par la place, ne ſe
ſouciant point de produire publiquement ſes pieces ſecrettes. Quel-

que fois il luy prenoit vne fantaisie
de s'en aller par la ville, & d'y char-
ger les vns & les autres à grands
coups de pierres & de baftons; Et
quád il eftoit en fa belle humeur, il
fe battoit les feffes d'vne longue
trippe de beuf, puis la faifoit baifer
aux enfans, qui couroient apres
luy ; comme les autres oyfeaux
apres vne cheueche. Ce fut encore
vn plaifant Lunatique, qu'vn certain Xandrin, trauaillé de cefte in-
difpofitió de cerueau, & qui fift vn
iour des chofes tout à faict ridicules. L'on dit de luy, qu'allant par les
ruës, il treuua de cas fortuit à la
porte d'vne hoftellerie, vne couronne de laurier, qu'on y auoit at-
tachee pour enfeigne, laquelle
ayant mife fur fa tefte, il s'efcria deuant tous, qu'il eftoit le plus grand
Poëte du monde. Tout le peuple

accouroit à la foule pour l'oüyr, lors
qu'espris de ceste fureur, comme il
veit venir fortuitement vne Cour-
tisane appellee Diane, il chanta ces
beaux vers à sa loüange :

Vn mouuement plus prompt que le vol d'vn
  oiseau.
Se remarque en tout temps sur le corps de
  Diane.
Elle a le nez d'vn singe & l'oreille d'vn asne ,
La gorge d'vn coq d'inde ; & d'vn chien le
  museau.

Puis descouurant de loing vn certain Pedant; il l'aborda par ce beau
latin de cuisine.

Domine qui rudibus insignas peruertere leges,
Tu semper Caridon, atque Menalcas eris.

Euft on sceu voir vn Lunatique pareil à ce Menegon d'Olmo , qui s'en
alloit ordinairement le long des
fossez , où il faisoit des faisseaux
d'orties, & de chardons, qu'il por-

toit à la place , auec deſſein de les
vendre, s'imaginant que c'eſtoient
d'excellentes raues , & des herbes;
quelque-fois auſſi s'en allant à la
peſche des grenoüilles , il rempliſ-
ſoit ſon pánier de crapaux , ne ſçachant diſcerner l'vn d'auec l'autre:
Mais quand il vouloit faire du bra-
uache en ſa folie , il ſe noirciſſoit
toute la face , comme vn ramon-
neur de cheminee , & n'ayant pour
tout équipage , qu'vn ſac qu'il ſe
mettoit ſur ſon dos, il contrefaiſoit
le chaudronnier.

Voyla donc quelles ſont les humeurs de ceſte race de Lunatiques,
qui ont pour enſeigne l'image de
la Deeſſe Hecate , que nous inuoquerons à leur ayde , comme c'eſt
noſtre couſtume.

Priere à la Deeſſe Hecate , pour ceux
qui ſont Lunatiques , & Fols
par interualle.

PViſſiez vous touſiours eſtre
comblee d'honneurs , ô diuine
fille de Latone , ſœur du grand
Apollon,à bon droict appellee Hecate , parce que vous faictes que
les corps priuez de ſepulture , er-
rent vagabonds d'vne part,& d'autre durant cent ans : ainſi ces pauures Fols, que nous appellons Lunatiques , ſont en grand danger
d'eſtre touſiours eſgarez de cerueau, ſi vous n'y remediez par vne
benigne influence. Secourez-les
donc ie vous prie,pour leur bien,
& pour voſtre gloire ; car quand
vous leur aurez donné la guerison
deſiree , aſſeurez vous que dans les

trois Temples folemnels que vous
poffedez, dont l'vn eft à Pergue
ville de la Pamphilie, l'autre en
Ephefe, & le troifiefme en la re-
gion qu'on nomme Taurique, fe
verront appenduës en trophee,
trois bannieres Turques, auec la
deuife des Ottomans au milieu,
pour eternelle memoire à la pofterité, des obligations que les Lunatiques vous auront tout le
temps de leur vie, fi vous daignez
leur apporter quelque allegement.

Des Fols d'Amour.

DISCOVRS XVIII.

L feroit befoing icy d'a-
uoir enfemble la practi-
que & l'intelligence de
tous les accidens amou-
reux, dont il eft faict mention en
l'Hiftoire, tant ancienne, que mo-
derne, pour defcrire auec la folem-
nité requife, toutes les folies des
amoureux. Car c'eft de cefte fou-
che comme de leur principe, & de
leur origine que leur eftre fe produit: d'où vient que leur vie eft non
feulement en apparence, ains encore en effect la plus miferable
qu'on puiffe s'imaginer. Cefte folie
femble principalement enracinee

au profond des penfees, des defirs,
des conceptions , des refolutions,
des paroles , des geftes, des fignes,
& des actions qui s'accordans toutes enfemble, rendent vn homme
fi fol , & fi tranfporté d'amour,
qu'il n'eft point de matiere plus
ample que celle cy pour defcrire
naïfuement la folie. Les folles
penfees d'vn amant le portent iufques là , que de faire des chafteaux
en l'air de foy mefme, s'imaginant
tout le iour la plus courte voye,
pour atteindre à la iouyffance de
fes amours , & de fes brutales lafci-
uetez, qui donnent naiffance à vne
infinité d'inquietudes & d'afflictions qui le trauaillent à tout moment.   De là vient qu'il ne penfe
qu'aux threfors, aux richeffes, aux
eftats, aux gouuernemés, aux puif-
fances & aux Empires, qu'il fe pro-

poſe comme autant de chemins
ouuerts à la conqueſte de la choſe
aymee : Tellement qu'il meſle à
ſes penſers les deſirs des richeſſes
de Crœſus, de l'or de Mydas, de la
puiſſance de Cæſar , & de l'aiſe de
Commodus.

Ceſte meſme paſſion luy faict
auoir recours aux enchantemens,
aux ſortileges , aux charmes , & à
toute autre eſpece de Magie, ſou-
haittant mille fois le iour de ſe rendre inuiſible par le moyen de l'anneau de Giges, & de l'herbe Hely-
tropia. Il deſire tantoſt d'auoir
les ſecrets de Pierre d'Abano, ou de
l'aueugle d'Aſcoly, ou d'Antonio
de Fantis ; Et maintenant de ſçauoir vſer de la Clauicule de Salomon,& de contraindre les demons
à l'accompliſſement de ſes volontez à force de coniurations. D'vn

cofté il attache fes defirs à la Chi-
mie, s'imaginant de pouuoir venir
à bout de fes amours par le moyen
de l'or & de l'argent; de l'autre re-
courant à la fauffe caballe, il fe per-
fuade que par la vertu de certains
noms incognus, il luy fera poffible
de difpofer les volontez de fa Dame à ce que bon luy femblera.   De
cefte façon s'entretenant de mille
penfers, il employe de toutes parts
les meffagers d'amour , les vallets,
les nourrices , & les porteurs de
poullets , par le moyen defquels il
enuoye des lettres, des Stances , des
Sonnets, des Madrigaux, des chanfons, des bouquets , & tout plein
d'autres prefents. Bref auec des paroles toutes animees de paffion, il
exprime luy mefme fa feruitude
amoureufe, & va perdant le cerueau
peu à peu dans fes fantaifies.   Ces

defirs incenfez & hors de toute raifon, luy font fouhaitter ores d'eftre
vne puce, vne mouche, ou vne
fourmi, pour entrer plus facilement dans la chambre de fa Maiftreffe, & tantoft de fçauoir faire
des clapiers fous-terrains comme
les connins, à fin de paruenir à ce
mefme effect. C'eft auffi pour ce
fubiect qu'il bee apres toutes fortes
de grandeurs, de beautez, de dons
& de graces, pour eftre veu de bon
œil de fa Dame, pour l'amour de laquelle il fouhaitteroit volontiers
de pouuoir difpofer en vn mefme
temps de la vie & de la mort. Tranfporté de ces vains caprices il faict à
tout coup des deuifes amoureufes,
des vers agreables & doux, des paroles fentencieufes, des mots pleins
d'artifices & de ftratagemes fubtils,
fe forgeant de iour & de nuict tout

ce qu'il croit pouuoir auancer en
quelque façon la iouyssance de ses
amours. D'où s'ensuit enfin qu'il
faict vne ferme resolution d'en voir
le bout , d'establir ses pensees , de
n'endurer plus de trauaux , & de
sonder qu'elle est l'intention , &
quelle la volonté de sa Maistresse.
De maniere qu'vsant de toutes sortes d'artifices il la prie par ses discours, & la cajole auec vn maintien
qui ne respire que larmes & mi.
gnardises. Il tasche à l'esmouuoir
à compassion par son geste , se croi-
zant les bras afin de la rendre propice à ses vœux , & se comportant
de la sorte enuers elle par ses postu-
res & ses grimaces , il faict voir
clairement que les bestes sont quelque-fois plus sages, & plus pruden-
tes que luy. · L'on nous propose
pour vnique exemple de ces Fols

d'amour, ce Romain Marc Antoine, à qui l'excez de la paſſion qu'il auoit pour Cleopatre Reine d'Egypte fit perdre la vie, l'Empire, & l'honneur enſemble. l'obmets ce qu'on raconte de Pyrame , & de Tysbé , qui moururent miſerablement l'vn pour l'autre , comme le teſmoignent ces vers :

Pirame & ſa Thisbé par leur fin mal-heureuſe.
Seruirent aux Amans d'exemple & de leçon,
Iors que pour teſmoigner leur ardeur amoureuſe
Ils ſe feirent mourir d'vne meſme façon.

Il n'eſt celuy qui ne ſcache l'hiſtoire d'Hercule amoureux d'Omphale Reine de Lydie. Il en fut ſi tranſporté, que pour l'amour d'elle il ſe déguiſoit ordinairement en femme, prenoit la quenouille à la main, & n'auoit point de honte de filler parmy celles de ce ſexe. L'hiſtoire d'Hemon le Thebain eſt ve-

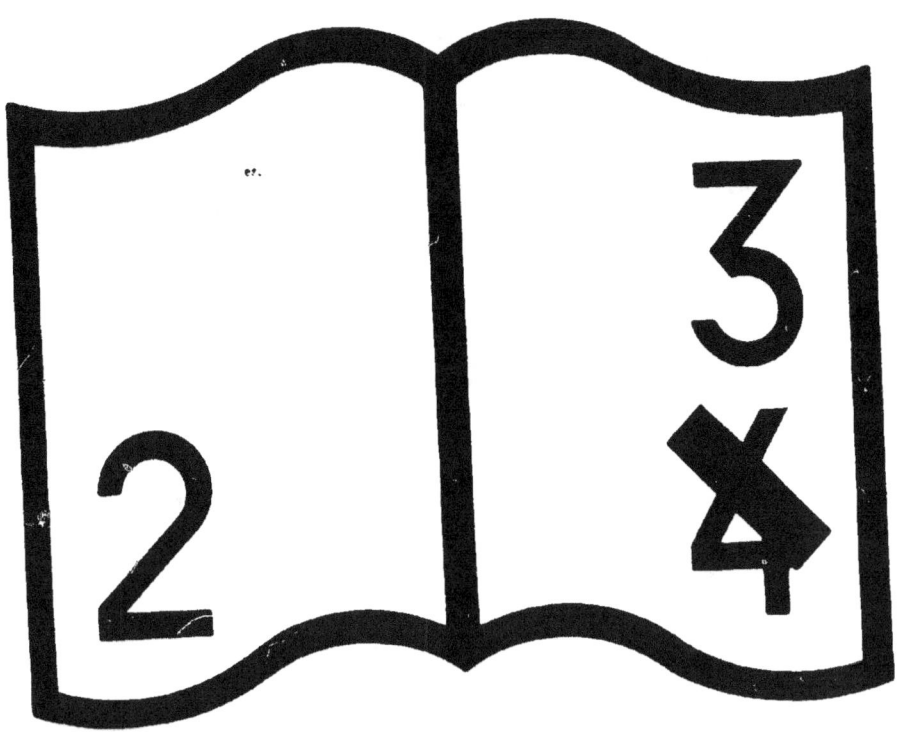

Pagination incorrecte — date incorrecte

NF Z 43-120-12

ritablement tragicque, qui ſe cou-
pa la gorge deuant le Tumbeau
d'Antigone fille d'Oedipe, & d'Io-
caſte; à quoy i'adiouſte la miſerable
mort de la Poëteſſe Sapho qui pour
l'amour de Phaon ſe precipita du
promontoire de Leucade, comme il nous eſt demonſtré par ces
vers :

Saphon de ſon pays tout l'honneur & le blaſ-
me ,
Pour monſtrer que la mort n'empeſche point
d'aimer ,
Apres auoir chanté ſon amoureuſe flame,
Se iette dans la Mer.

Il n'eſt pas beſoin d'alleguer icy l'e-
xemple de Phedre , non plus que
celuy de Didon, dont l'vne ſe pendit
pour l'amour d'Hypolite, & l'autre
ſe laiſſa cheoir dans vn bucher ſe
voyant delaiſſee par Ænee. Vn
chacun ſçait l'hiſtoire de Philis fille
de

Priere au Dieu Cupidon pour les Fols d'amour.

TOus ces Fols pris dans vos filets, allechés par vos appas, &
detenus captifs dans voſtre priſon
recourent à vous Gentil Cupidon;
fils de la Deeſſe Venus, Dieu porte
carquois, touſiours aiſlé & chef des
guerrieres entrepriſes d'amour.
Comme eſclaues qui ſont de voſtre
Empire, ils vous priét d'auoir pitié
de leur affliction, & de leur teſmoigner les effects de ceſte compaſſion, qui vous eſt entierement propre comme à vn Dieu tendre, deli-
cat, & mignard. Iettez loing vos
lacs, vos hameçons, & vos dards,
mettez bas voſtre arc, & vous faites
voir à eux tout nud, afin qu'ils n'ap-
prehendent plus les armes dont

vous les auez bleſſez autres-fois à
leur grand dommage. S'il vous
plaiſt de leur accorder la priere,
qu'ils vous font, aſſeurez vous que
dans ce remarquable temple qui
vous eſt eſleué en l'iſle de Cypre, ils
vous offriront vne pierre à feu ſans
fuzil pour monſtrer que vos flammes ſont cachees, & voſtre feu ſecret, mais que lors que ſes eſtincel-
les viennent à rejallir vne fois elles
bruſlent miſerablement les cœurs
d'vn chacun.

Des Fols deſeſperez.

Discovrs XIX.

Es hommes ſont quel-
que-fois frappez de cer-
tains accidens, qui les
iettent tout à coup ſi

auant dans le defefpoir, que per-
dans l'entendement ils fe donnent
en proye à la douleur, & fe laiffent
aller à tout ce que l'excez du defa-
ftre aduenu leur confeille; auec au-
tát d'indifcretion que de felonnie.
Ceux cy s'acquierent donc à bon
droict le nom de Fols defefperez,
par ce que cefte forte de paffion eft
veritablement vne expreffe folie
aux hommes, qui ne pouuans fouffrir la moindre affliction, fe haftent
à vne fin indigne de ceux qui fça-
uent bien viure, & fe gouuerner
comme il faut dans le monde.   Le
premier exemple qui fe prefente fur
cefte matiere eft celuy de Lucius
Syllanus gendre de l'Empereur
Claudius, lequel fe voyant fruftré
de fa femme Octauia, que Neron
efpoufa depuis, fuft tout à coup accablé d'vne fi grande douleur que

le propre iour de ſes nopces pour
mieux en accroiſtre la haine, & l'enuie, il ſe fit mourir d'vn coup de
poignard, comme le rapporte Cor-
nelius Tacitus. Le ſecond exemple
eſt celuy de Silius Italicus excellent
Poëte, qui ſe voyant ſurpris d'vne
maladie incurable s'ennuya tellement au monde, que ne pouuant
plus viure, il ſe donna la mort comme deſeſperé qu'il eſtoit, ainſi que
le remarque fort bien Angelus Po-
litianus. Nous liſons à ce propos
dans l'hiſtoire Romaine, que Mar-
cus Portius Latro, ſurpris d'vne
fieure double quarte, ſe fit mourir
volontairement : A quoy nous
pouuons rapporter, ce que dit
Ouide parlant de Sardanapale Roy
des Aſſyriens, lequel voyant ſon
armée defaite, & l'ennemy victorieux, ſe deſeſpera tout à faict, & ſe

ietta dans le feu où il mourut mise-
rablement Mais fans rechercher
plus auant les anciennes hiftoires,
nous ne pouuons mettre en doute,
ce que les Autheurs modernes ont
efcrit d'Ezelin Tyran de Padouë,
lequel fe fentant frappé dans la
meflee par les gens de Martin Tur-
rian Prince de Milan, detacha les
bandages , & les ligamens de fa
playe, & mourut ainfi comme vne
befte enragee, qui fembloit feulement eftre nee à la ruïne des hommes Cælius faict ce plaifant conte d'vn certain Tymáte de Cleonee
qui exerçoit le meftier d'Athlet-
te, & lequel foit pour la vieilleffe,
ou pour en auoir perdu l'habitude,
ne pouuant debander vn arc, qu'vn
ieune homme recourboit à fon ay-
fe, en receut vn fi grand defplaifir,
qu'il fe laiffa gaigner au defefpoir,

& ſe frappa d'vn coup de couſteau.
Le diuin Arioſte ſur le ſubiect de
la belle Bradamante nous figure
vne eſprit poſſedé d'vne ſemblable
folie en ces vers:

Acheuant ce diſcours, l'ame pleine de rage,
Sauté du lit en bas, il eut bien le courage
De ſe percer le flanc, d'vn homicide fer.

Nous auons veu de noſtre temps
combien eſtoit ridicule & deſeſpe-
ree la folie d'vn certain Cecco de
Briſſelli, lequel eſtant plaſtré d'vne
galle, qui ne luy couuroit que la
moitié du corps, & par conſequent,
importuné d'vn eſcadron de taons,
& de mouches, qui le picquoient
ſans luy donner le moindre relaſ-
che, comme il vit qu'il ne les pour-
uoit chaſſer, ny de ſon nez, ny de
ſon front, ny de ſes mains, qui ne
faiſoient qu'vne crouſte, ſurpris de
colere, & de deſeſpoir il s'alla ietter

dás vne ruche de miel, difant: Vous
auez beau picquer , fi fuis-je bien
affeuré qu'à ce coup vous demeure-
rez toutes engluees , furquoy s'e-
ftant tiré petit à petit hors de la ruche , voila venir d'vn autre cofté,
vne autre troupe de taós & d'abeilles, qui luy dònans vn fecód affaut,
& l'importunans , tant par leur
bourdonnement que par leur ef-
guillon l'expoferent à vn fi grand
defefpoir , que ne pouuant plus
fouffrir les atteintes de ces animaux
qui l'enuironnoient à trouppes at-
tirez par la feule odeur du miel , il fe
ietta finallement dans vne chaudie-
re de leffiue toute bouillante. Telle eft doncques cefte efpece de Fols
defefperez, qui ont pour enfeigne
dans l'hofpital l'image de la Deeffe
Venilia , que nous inuoquerons à
leur faueur par la priere fuiuante.

Priere à la Deeſſe Venilia, pour les Fols deſeſperez.

VOus qui rempliſſez d'eſperá-
ce les foibles courages, qui
conſolez par des ſages penſers les
entendemens affligez; qui remettez
en eſtat les eſprits laſſez par le
moyen d'vne parfaicte allegreſſe,
d'où vient qu'à bon droict tous
les affligez ont ſoin de vous inuoquer, cependant que vous iettez la
veuë ſur les afflictions & les ennuis
de ces pauures miſerables, faictes
en ſorte, que voſtre cœur pitoyable ſoit eſmeu d'vne ſi gráde compaſſion, que vous faiſant reco-
gnoiſtre pour la Deeſſe Venilia
mere des deſeſperez, par voſtre
grace particuliere ceux cy ſoient
reſſuſcitez de mort à vie: ſi vous le

faictes , quand ils feront fur le
poinct de recouurer leurs efprits
efgarez , leurs fens perdus , & leur
teint tout fletri, ils fe verront obligez d'appendre à voftre facré temple vne corde de pendu , ou pour
mieux dire vn licol de bourreau à
demy rompu,pour vne marque veritable, d'auoir par voftre moyen
euité la mort , & d'eftre tirez par
vous - mefme , du defefpoir où ils
eftoient auparauant,tous comblez
d'efperance de iouyr à l'aduenir des
douceurs de la vie.

Des Fols Heteroclites, & estropiez de cerueau.

DISCOVRS XX.

IL se treuue dans le mon-
de des esprits pleins de
certaines humeurs fanta-
stiques, ausquels il est impossible de persuader en quelque
façon que ce soit ce qui est iuste &
honneste de soy. Tels hommes ne
treuuent en leurs actions, ny regle,
ny ordre, ny mesure quelconque;
Et dequelque façon qu'on les con-
sidere, ils ont vn cerueau tout per-
clus, entierement contraire au deuoir, qui s'oppose à ce qui est iuste,
& qui n'est du tout point conforme à ce que requiert la raison. Ces
personnes se forlignent ordinaire-

ment du droict sentier , & de la
vraye carriere , & sont appellees
Heteroclites en eur folie. De cest
humeur fust iadis Persee, lors qu'e-
stant vaincu par Paulus Æmilius,
& voyant que deux siens domesti-
ques se mettoient en deuoir de le
consoler apres ceste deroute, il entra en si grande colere, qu'il commanda qu'à l'heure mesme ils feus-
sent occis en sa presence. Athenee
rapporte à ce propos que le Philosophe Eurilocus , qui fut escollier
de Pyrron, & incomparable en folie, se laissoit à tous coups emporter pour peu de chose à vn tel excez
de colere, qu'il luy auint vn iour de
poursuiure en pleine place vn sien
Cuisinier, & de luy courir sus auec
vne broche. Nous lisons de l'Empereur Commodus, qu'ayant vne
fois treuué le bain trop chaud, il

fit ietter dans vne fournaife toute ardente le Maiftre de fes eftuues, afin qu'il mouruft miferablement eftouffé de la chaleur, cepédant que luy-mefme fe plongeoit dans les delices, & fe lauoit en vn bain d'eau tiede. Sanfouuin remarque que Mahomet Ottoman fe promenant vn iour dans vn iardin , & voyant de cas fortuit deux concombres qu'on auoit arrachez, en don‐ nant la faute à deux beaux ieunes hommes qui le fuiuoient. & dont il abufoit vilainement, il les occit tous deux en vn inftant.

Le Sophifte Philagre auditeur de Lollianus, peut eftre mis au rang de ces mefmes Fols ; car s'il aduenoit quelque fois que la neceffité for‐ çaft fes difciples à s'endormir , en oyant la leçon , il les frappoit à grands coups de poing, & leur don‐

noit du pied dans le ventre. Ie treuue grandement ridicule la folie de
Vedius Pollio, lequel auoit accouftumé de faire mourir fes feruiteurs, s'ils caffoient fortuitement
quelque vafe, durant qu'il eftoit à
table,& commander qu'on les iet-
taft dans vn viuier pour feruir de
pafture & de proye aux murenes
qu'il y faifoit nourrir. Le Philo-
fophe Cherephon Athenien fut fi
remarquable en cefte efpece de folie, qu'il a donné lieu au prouerbe
rapporté par Paulus Manutius, *in
Palladis veftigiis nihil Cherefontis gu-
bernabis.* Nous auons encore ce rare
exemple de la folie du Viconte
Barnabo lequel fit miferablement
mettre à mort vn certain boulan-
ger, par ce que paffant quelque-
fois la nuict dans fon chafteau,
pour y faire du pain, il l'efueilloit

en trauaillant. Ce fut luy mesme,
qui s'estant saisi de la personne de
deux Nonces du Pape les côtraigni
à manger les lettres qu'ils auoient
à luy rendre de la part de sa Saincteté, auec laquelle il estoit pour lors
en mauuaise intelligence. Vne autre fois ayant appris comme vn certain Curé (qui veritablement meri-
toit bien d'estre puny de son auari-
ce) ne vouloit point enseuelir le fils
d'vne pauure femme, il le contrai-
gnit de luy tenir compagnie dans
le tumbeau, & d'y entrer tout vif,
afin de payer la meschanceté qu'il
auoit commise publiquement. Les
Fols Heteroclites sont doncques
tels, que nous les auons depeints, &
dans l'Hospital ils ont pour enseig-
gne l'image du Dieu Vulcan, estro-
pié d'vne jambe comme ils le sont
du cerueau. C'est pourquoy pour

       •

             la

la conformité, qu'ils ont auec ce Dieu: Nous le prierons de les auoir pour recommandez.

Priere au Dieu Vulcan pour les Fols Heteroclites & eſtropiez de cerueau.

GRand forgeron Celeſte, Gou-uerneur du feu d'Ætna ap-pellé Mulciber , à cauſe que vous ammolliſſez le fer , Vulcan par ce que vous faictes voller vos flammes en haut, Cyllopodius, par ce qu'e-ſtant cheu du Ciel par diſgrace vous demeuraſtes boiteux de ceſte cheute , Lemnien parce que vous tumbaſtes en l'iſle de Lemnos, ou Eurymon, & Thetis vous nourri-rent , nous vous prions par ceſte meſme compaſſion qu'on eut alors de voſtre accident, d'auoir pitié de

L

ces miferables qui font vos confre-
res , eftropiez de cerueau comme
vous voyez. Puis que c'eft vous
qui forgez des armes à Iupiter, vous
qui fiftes iadis les filets, où Mars &
Venus furent enreftez, vous qui fa-
çonnates le carcan d'Hermione, la
couronne d'Ariadne, & le chariot
du Soleil, vous dont la main for-
gea dans la grotte des Cyclopes les
armes d'Achille, & d'Ænee, le caf-
que de Mambron , la durandal de
Roland, les armes de Mandricard,
& celles d'Argal, nous vous coniu-
rons derechef de donner vne fi
bonne trampe au cerueau de ceux
cy, que pour trophee, & pour marque de leur guerifon , ils puiffent
appendre à voftre forge, vn cerue-
lat aufli gros que ceux qui nous
viennent de la Lombardie , afin
que ce foit vn tefmoignage de leur

humble recognoiſſance à toute la
poſterité.

Des Fols plaiſans & boufons.

DISCOVRS XXI.

LEs fables, les nouuelles,
& les contes faits à plaiſir accompagnez de ge-
ſtes, d'actions, & de
mouuemens ridicules, forment ceſte eſpece de fols que nous appellons boufons, l'intention deſquels
n'eſt autre que d'appreſter à rire au
monde. Ceux cy tiennent de la
nature vne certaine diſpoſition du
cerueau propre à inuenter des boufonneries, pour reſiouyr vne compagnie. Tel eſtoit vn certain Cliſo-
phon domeſtique de Philippes
Roy de Macedoine, qui voyant vn

iour son Maistre en danger de perdre vne iambe, se mit à faire le boiteux comme luy, faisant des grimaces & des grincements de dents à
l'imitation du Roy, comme s'il eut
senty les mesmes douleurs que luy.
Egesander parlant de Calisophus
boufon de Denys Tyran de Scicile,
dit, que si quelque-fois ce galland
voyoit rire son Maistre auec quelque Seigneur, il rioit pareillement,
& l'imitoit le mieux qu'il luy estoit
possible   Cela fut cause que Denys, l'interrogeant vne fois dela
cause de son rire, ie ris (luy respon-
dit il) parce que vous voyant rire ie
m'imagine que les choses que vous
dictes sont dignes de risee. M. Va-
ron & Galba sur tous les autres
font vne particuliere mention d'vn
boufon de Tarante appellé Rhin-
ton, & le loüent, parce qu'il auoit

l'efprit de rencontrer & de boufonner iudicieufement fur tout
fubiect, quelque ferieux & graue
qu'il fuft. Soficrates parlant des
Ephefiens, dit que ces peuples font
naturellement boufons, d'autant
que de leur enfance ils s'eftudient à
dire le mot pour rire, pour efguifer
la viuacité de leur efprit. On tenoit anciennement pour des excellents boufons vn certain Mandio-
genes, & Straton l'Athenien, comme le rapporte Hyppolocus de
Macedoine, en l'epiftre qu'il efcrit à
Lyncee: ceux-cy auoient pour fe-
conds Callimedon, Locufta, Dynia
& Menedeme, aufquels Philippe
Roy de Macedoine prift la peine
defcrire pour auoir des rencontres & des boufonneries de leur
façon, qu'il eftimoit grandement.
I'obmets autres deux infignes bou-

fons, à sçauoir Cassiodore, & Pantaleon, rapportez par Teonetus & par Denys Cynopee Poëte Comique. Tels plaisants ont ordinairement la vogue dans la Cour des Princes & grands Seigneurs, qui font mestier d'en auoir à gages. Nous lisons à ce propos dans Athenee , que Philippe y prenoit vn si grand plaisir, qu'il enuoya vn talét d'or aux boufons que nous auons nommez, cy deuant.

Philarque au sixiesme liure de ses histoires escrit, que Demetrius Poliorceta n'aimoit rien tant que les boufons qu'il auoit tousiours pres de luy, Herodote en dit autant d'Amasima Roy d'Fgypte, & luy reproche qu'il se plaisoit plus à la compagnie de telles gens, qu'à celle des hommes sages, & vertueux. Licostrate au 27. liure de ses histoires

blafme le Romain Sylla, de ce qu'il
aymoit trop les boufons, bié qu'on
l'eftimaft ferieux au maniment des
affaires.

Nous auons veu de noftre temps
exceller en l'art de boufonnerie vn
certain Gouella, Carafulla, & Boca
Frefca de Padoüe, qui n'euft iamais
fon pareil en ce meftier là, auquel
il fe monftroit d'autant plus ac-
cort, qu'en riant il redoubloit le rire à tous ceux qui le regardoient.
Theophrafte remarque que les Ty-
rintiens qui naiffoient boufons, &
plaifans, s'en allerent vn iour con-
fulter l'oracle de Delphes pour fçauoir de luy s'il n'y auoit pas moyen
de fe deliurer de cefte efpece de folie; à quoy l'oracle ayant faict refponfe que cela fe pouuoit, & qu'ils
en feroient garantis, fi en facri-
fiant vn taureau à Neptune Dieu

de la Mer, ils s'empefchoient de rire : Mais leur action n'ayant peu
correfpondre à l'aduis de l'oracle,
ils demeurerent en leur premier
eftat : Or quoy qu'on puiffe dire
des boufons, à tout le moins ils ont
cela de bon en eux, de refiouyr les
perfonnes, de chaffer loing la melancholie, & de manger le pain de
leurs maiftres ouuertement, non
comme les flateurs, qui ne feruent
qu'à la trahifon, & à la ruine des
Princes. Ces fols ont pour enfei-
ne dans l'Hofpital le portrait du
Dieu Fabulanus leur grand amy, &
digne par confequent, qu'à leur
faueur on luy addreffe cefte
priere.

Priere au Dieu Fabulanus pour les Fols
plaifans, & boufons.

CEux que vous voyez icy (ô
Dieu Fabulanus) font vos
vrays amis, & les partifans de voftre nom, car ils n'ont autre chofe
dans le cœur, ny au bout de la langue que des fables & des nouuelles
qui viennent de vous, & qui auec le
temps prennent en eux vne fi pro-
fonde racine, qu'on peut bien dire
qu'ils fe monftrent vrays enfans du
Dieu Fabulanus. Il eft donc bien
raifonnable que voftre Diuinité les
ayt pour recommandez, puis que
fans vous il eft impoffible qu'ils fa-
cent ou difent la moindre chofe
auec la grace, & la bien-feance requife. Conferuez les toufiours
en leur belle humeur, afin que pour

recognoiſſance de ce bien-faiᛁt, ils
vous preſentent vne digne offrande ſur l'autel, que vous auez parmy
les Tiryntiens.

Des Fols gaillards, facetieux &
aymables.

DISCOVRS XXII.

Eſte engeance de fols, differe vrayement des bou-
fons, en ce que ces der-
niers ſont en tout temps
ſans meſure, ſans diſcretion, &
ſans regle, & touſiours preſts à ſe li-
centier à quelque nouuelle boufonnerie, là où ces autres n e tiennent point tant des extremitez en
leurs dits, & en leurs actions, qu'ils
n'y obſeruent vn peu d'ornement &

de bien-feance. Auffi fe monftrent
ils plus temperez en leur allegreffe,
que ne font les boufons , qui pa-
roiffent vrayement diffolus en tout
& par tout: Ceux-cy ont d'ordinaire le mot pour rire, des contes faicts
à plaifir, des prouerbes ridicules &
d'agreables rencontres, outre qu'en
leur exterieur ils manifeftent à tous
vn naturel domeftique, amoureux,
doux, affable & d'agreable entretien. Ciceron met en ce rang vn
certain Sextus Nœuius, en vne epiftre qu'il efcrit à fon frere Quintus,
& au 2. liure des Loix il appelle facetieux l'efprit d'Ariftophane ancien poëte, à quoy fe rapporte encore le dire d'Horace lors que parlant de Lulius, il dit, qu'il eftoit
gentil, poli, & de bel entretien.

De noftre temps on a tenu pour
vn homme grandement facetieux,

vn certain Arbotto, les fentences & les fubtiles refponfes, duquel mifes en lumiere, tefmoignent affez combien il excelloit en ce genre de folie.

La ville de Rome eft auiourd'huy toute pleine de femblables fols, qui fe voyent à la Cour des Princes, & des plus grands, où ils s'eftudient à cefte matiere pluftoft qu'à tout autre fubiect, parce qu'ils fçauét bien que telle chofe eft grandemét propre pour leur acquerir l'amitié des Princes, des Princeffes & des Dames, qui fe laiffent bien fouuent, pluftoft captiuer par le moyen de quelque hiftoire ridicule & facecieufe, que par le long feruice que leur rendent ces courtifans abufez, lefquels apres auoir recogneu leur faute au bout d'vn temps font contraints ordinairement de chanter.

O pas eſpars, ô penſers trop volages!

Nous en auons vn exemple en la
bonne fortune d'vn certain Bernardin de Beneuant, lequel eſtant
au ſeruice d'vn grand Prince Italien s'acquiſt vn iour l'amour d'vne
belle Dame par ceſte plaiſante repartie, lors qu'elle ayant dit qu'en
la chambre du meſme Bernardin
il y faiſoit vn grand chaud; Au contraire, Madame reſpondit-il, du co-
ſte de Beneuant il ne peut venir
qu'vne extreme froidure. Nous
auons vn ſemblable traiĉt d'vn autre Courtiſan appellé le ſieur de
Pomeran, lequel ſeruant à la Cour
de François premier Roy de France, ſe fiſt en vn inſtant aymer de ſon
Prince par vn profitable aduis qu'il
donna. Car apres qu'on eut mis en
queſtion ſi l'Empereur Charles le

Quint se iettetoit dans la France,
du costé de Marseille ou de la Na-
uarre, ou de quelque autre Prouin-
ce, Pomeran dit, que de quelque costé qu'on apprehendast sa venuë il
se falloit bien fortifier, & se tenir
sur ses gardes, parce que l'Aigle
portoit ses griffes par tout. Nicolas
d'Oruieto estant au seruice du Pape Leon, s'acquist par quatre paroles la bien veillance de sa Saincteté
pour tout le reste de sa vie: car comme on discouroit vn iour d'vn certain benefice vaquant, deman..
par vn Gentil-homme de la maison
de Vitelli, auquel on le pouuoit accorder, Oruieto fist ceste repartie
facetieuse, Sainct Pere l'analogie
du mot requiert qu'on octroye le
Benefice vacant à Vitello, parce
qu'il n'a point de plus proches pa-
rents, ny qui luy soit plus estroit-

tement all.é,par laquelle repartie il faifoit allufion au mot de benefice vacant, qui femble eftre tiré du Latin *Vaca*, c'eft à dire vache mere de Vitello, ou du veau. Ces fols pleins de gentilleffe & de gaillardife, ont dans l Hofpital vne chambre auec l'éfeigne du Dieu Bacchus leur patron particulier, & leur grand amy, lequel pour ce fubiect nous faluerons comme il s'enfuit.

Priere au Dieu Bacchus pour les Fols gaillards, facetieux, et aymables.

TOute l'allegreffe du monde vous puiffe toufiours ac:ompagner,ô bô Pere Bacchus,afin que vous conferuiez à iamais cefte gentille compagnie de Fols qui boiuét à vous à longs traicts. & vuident les coupes pleines de mufcat,& d autre vin excellent : voyez ie vous prie, comme ils attendent tous de vous ceste mesme resiouyssance que vous donnastes iadis à vos Prestresses appellees Bacchátes, lors qu'elles vous fuyuirent volontiers à l'entreprise que vous fistes pour la conqueste des Indes, d'où retournant victorieux, vous fustes le premier, lequel en vostre triomphe naual portastes le Diademe Royal, môté sur vn elephant Indien. Si vous leur faictes ceste grace de les maintenir tousiours en vostre amitié, comme vostre inclination vous y semble porter, ils ne se contenteront pas de vous appeller *Bimater*, nom qui vous a esté donné pour auoir par vn miracle expres eu deux Meres, à sçauoir Semele & Iupiter, de vous appellé *Satumiter*, parce que vous fustes premierement enclos

enclos au ventre de celle-là, puis en
la cuiſſe de cetuy-cy, Nizeen, de la
grotte Niſe, Aniē de l'Aonie, Thyõ-
rien de Thyonte, Nyctalien, parce
que vos ſacrifices ſe font de nuict,
Mytrophonien, à cauſe de la Mytre
que vous portez ſur le chef, Oreen
à cauſe du mont, où l'on ſacrifie à
voſtre Diuinité, Baſſareen pour de-
noter la longue robbe dont vous
eſtes couuert, Dytirambe, Leneen,
Brizean, Oſyride & Bromien; Mais
ils adiouſteront encore à tous ces
noms celuy d'Eutrapele, pour
monſtrer que vous eſtes le fauorit
des Fols gaillards, courtois & facetieux, leſquels veulent honorer le
Thyrſe que vous portez en main
dvn grand verre à la Romaneſque,
auec lequel vous faictes raiſon aux
bons compagnons qui boiuent à
vous.

M

Des Fols bizarres & furieux.

DISCOVRS XXIII.

LA Bizarrerie eſt vne eſpece de matiere qui proce-
de des humeurs fátaſti-
ques, qui predominent
au cerueau des hommes, appellez
ordinairement fols bizarres & furieux, d'autant que toute ceſte ſorte
de matiere fomentee par le courroux & par l'inconſtance des hommes, ne conſiſte en autre choſe
qu'en l'irreſolution des penſees &
des actions, qui aboutit en fin à
quelque choſe de capricieux. De
ce naturel ſont tous ceux leſquels
prompts à la cholere s'apaiſent facilement. Le Poëte Horace ſe met

luy mefme au rang de ceux cy,
quand il dit:

Tranfporté de courroux i'ay voulu promptement,
De cefte pafsion calmer le mouuement,
Mais pour auoir ainfi ma volonté gefnee,
I'ay fenty contre moy mainte peine ordonnee.

Cœlius rapporte à ce propos qu'vn
certain Cothys Roy de Thrace, fe
cognoiffant porté au courroux par
vne inclination naturelle qui le
rendoit furieux & bizarre, comme
on luy eut vn iour apporté certains
vazes bien trauaillez, &lefquels par
confequent il deuoit cherir, confiderant combien ils eftoient fragiles, encore qu'ils feuffent de grand
prix, il les rompit tous, de peur qu'il
eut, que la furie ne luy fift occire
quelqu'vn de fes feruiteurs s'il luy
aduenoit de les caffer fans y pen-

fer   Le Diuin Ariofte nous de-
peint le fuperbe Rhodomont d'v_
ne humeur furieufe & bizarre, lors
qu'il luy faict maudire tout le fexe
feminin pour contredite à l'opinion de Doralice, en la prefence
d'Ifabelle, qui eftoit la feule beauté
qu'il adoroit. Nous auons veu de
nos iours vn vray exemple d'vne
humeur bizarre & fantafque en
vn certain Claude de Salo, lequel ayant vne maifon aux champs
que fon pere luy auoit laiffee, fe re-
folut vn iour de la reduire en forme
d'vn Collombier; Mais changeant
d'humeur quelque temps apres, il
en fift vne maniere de Chafteau
qu'il fortifia de foffez & de rem-
parts. Ce baftiment fuft à peine
acheué, qu'eftant efpris d'vne nouuelle folie, il commanda qu'on la
razaft de fonds en comble pour en

faire vn bois d'orangers & d'autres
arbres fruictiers, lefquels, n'eurent
pas fi toft pris accroiffement qu'il
les fift defraciner, difant qu'il feroit
meilleur que ce lieu fuft vn iardin;
fibien que par ces Metamorphofes fa maifon fuft par luy reduite à
neant. Ie treuue encores remarquable en bizarrerie l'humeur d'vn cer=
tain Zanfardin, qui fe voyant maiftre de fon bien fe mift à vendre
toutes les vaches de fes metairies &
les peupla d'oyfons, qui ne font
propres qu'à gafter les iardins, alle-
guant pour toute raifon, que des
oyfons il en tiroit les plumes, qui
luy feruoient à faire de bons lits,
dont il auoit plus befoing pour
l'heure, que de chair ou de fourmage.

Iobmets l'humeur capricieufe
du boufon Scarinzo, qui gafta

quatre ou cinq arpents de vigne,
afin, diſoit-il, d'auoir vne perſpecti-
ue plus belle: luy meſme auoit ceſte
couſtume de faire des viuiers des
lieux plus commodes de ſa maiſon,
& de demolir de beaux baſtiments
pour les changer en autant de ga-
rennes à y loger des lapins. Vit-on
iamais homme plus bizarre que ce
Cremonnois, lequel oyant vn certain, qui ioüoit aſſez mal du tambour, ſe veſtit de la robbe d'vn Docteur, & en ceſt equipage s'en alla
en plein marché, où il priſt le tambour luy meſme, & ne ceſſa d'en
ioüer, iuſqu'à ce que les riſees des
enfans luy firent enfin quitter la
robbe & le ieu.　Il y eut vn autre
boufon de ceſte meſme eſpece, ſurnommé le Moſcouite, lequel ayant
entrepris de faire vne harangue
funebre deuant ceux de Breſſe ſur

la mort d'vn certain Docteur, se fist
voir en chaire tout armé, auec vne
lance à la main, & alors apres auoir
faict la reuerence, S'il y a quelqu'vn
en ceste troupe, dit-il, qui ose soustenir que ce Docteur ne soit mort
fort mal à propos, & que la Parque
n'ait iniustement coupé le filet de sa
vie, me voicy prest à le combatre,
pour luy faire aduoüer le contraire
aux despens de ma vie.

l'adiousteray icy pour conclu-
sion ce traict de folie d'vn certain
Nicolo, dõt l'humeur fust si fantas-
tique, qu'estát vn iour sur le riuage
du Pau, il dechaisna vn des mou-
lins qui s'y voyent, puis le laissant
aller à val l'eau, & luy mesme suiuát
apres dans vne petite barque, fist en
sorte d'aborder iusques à Franco-
lino, ou le moulin estant porté à la
riue par la violence de l'eau, il fist

faire vne grande foſſe pour l'enſe-
uelir, & donna de l'argent à douze
vieilles pour le pleurer, reiterant à
tous coups que le pauure moulin
eſtoit mort & enſeuely à Francoli-
no, qu'il n'auoit faiᴄt aucun tort à
Nicolo, qui l'obligeat à le deſta-
cher du lieu où il eſtoit, & qu'on
ne ceſſeroit de le pleurer tant qu'on
n'auroit point de farine. Il eſt donc
vray que tous les Fols alleguez cy-
deuant ſont à bon droiᴄt appellez
bizarres, & qu'ils ont dans l'Hoſpital vne chambre où pend pour enſeigne le portrait de Tyſiphone,
parce que ceſte Deeſſe preſide à
leurs bizarres humeurs. C'eſt pourquoy nous l'inuoquerons, afin
qu'il luy plaiſe de les aſſiſter de ſon
ayde.

Priere à Tyſiphone pour les Fols bizar-
res & furieux.

C'Eſt vous (grande fille de la
nuiꝗ & de l'Acheron) vous
dis-je redoutable Eumenide , que
nous prions, de temperer vn peu les
bizarres humeurs de ceux-cy , ſi
vous voulez que dans le Temple
qui vous eſt erigé en la ville d'A-
thenes, ils vous conſacrent vne paire de Colóbeaux, offrande qui vous
a eſté mille fois renduë, pour teſmoigner au monde que ces fantaſ-
ques tous glorieux de la faueur
qu'il vous a pleu de leur faire, ſe rendent quelques-fois auſſi doux que
des agneaux , de lyons qu'ils
eſtoient auparauant.

Des Fols forcenez, ou Brutaux.

DISCOVRS XXIIII.

DE tous les fols que nous auós alleguez cy-deuant, les plus infupportables font ceux qu'on appelle forcenez ou brutaux. Ils ont des cerueaux fi precipitez & fi prompts, que leur fureur n'eft pas moins à craindre que celle des plus furieux animaux. Leur folie ne paroift pas feulement contre les autres, aufquels par leur propre beftife ils font dommageables : mais de plus ils tournent leur fureur contre eux mefme, fi bien que cefte forcenerie les emporte à tous les maux qu'on fçauroit s'imaginer. Cefte fureur

fuſt iuſtement attribuee à l'ancien
Hercule , parce qu'ayant veſtu la
chemiſe que luy donna le Centau-
re Neſſus , l'impatience de la douleur qu'il reſſentit le fiſt precipiter
dans les flammes du mont Oeta,
comme le teſmoigne Claudian.
Ouide au 13. de ſes Metamorpho-
ſes, dit qu'Aiax fils de Telamon fut
ſaiſi d'vne ſemblable furie apres
qu'il ſe veit fruſtré des armes d'A-
chille , que les Grecs accorderent à
Vliſſe. C'eſt ainſi que l'Arioſte
deſcrit la fureur de Roland en deux
ſiennes Stances, l'vne deſquelles luy
faict fendre les rochers , & voler
leurs eſclats iuſques aux Cieux; &
en l'autre il dit , qu'auec le tran-
chant de ſon eſpee, il coupoit les arbres entiers & les iettoit dans les
ondes. C'eſt pour ceſte meſme cauſe qu'il dit en vn autre endroit, que

lors qu'Aſtolphe le voulut guerir,
il le falut lier de pluſieurs chaiſnes
comme infenſé qu'il eſtoit. Ouide
nous deſcrit Atanas fils d'Æole,
ſaiſi d'vne telle manie, qu'en ceſt
excez de fureur il fuſt ſi denaturé
que d'occire vn ſien fils appellé
Learchus. Ie laiſſe à part ce qu'Herodote raconte de Cambiſes,lequel
ayant violé le Dieu des Egyptiens
appellé Apys,fut ſaiſi d'vne ſi grande fureur apres ce crime par luy
commis, qu'eſtant agité des Furies,
il perdit premierement toute ſa famille, puis tournant ceſte fureur
contre ſoy meſme, il ſe fiſt mourir
miſerablement. Properce en ſon 3.
liure met encore au rang des fols
forcenez vn certain Alcmeon fils
d'Amphiaraus & d'Heuriphale,qui
pour auoir mis à mort ſa mere fut
occis par les Furies. A cecy eſt con-

forme le dire de Lucan, lequel en
son premier liure enrolle en la compagnie de ces fols, l'incensé Pan-
thee, qui pour auoir mesprisé la diuinité de Bacchus, deuint furieux
& aussi esceruelé qu'vne beste.

l'obmets ce que Cœlius a rapporté d'Oreste fils d'Agamemnon & de
Clitemneste. Cestui-cy voyant sa
mere occise, deuint tellement incensé qu'il deschira tous ses veste-
mens, iusques à se ronger vn doigt,
ce qui a donné lieu au prouerbe
Oresti pallium texere, rapporté par
Paul Manuce. Il est arriué de nostre temps qu'vn certain soldat
amoureux d'vne ieune beauté, tes-
moigna tant de passion, qu'il man-
geoit indifferemment tout ce qui
luy venoit à rencontre, sans pouuoir discerner les armes d'auec le
pain. A ceste forcenerie fut sem-

blable celle de Cambles Roy des
Lydiens, lequel si nous croyons à ce
qu'en dit Cœlius, mangea pour vne
nuict sa femme qui estoit couchee
pres de luy , de maniere que trouuant au matin vne de ses mains en
sa bouche , on le vit aussi forcené
qu'vne beste qu'on auroit enchaifnee pour se garantir de sa rage.
l'allegueray icy cest autre exemple
de Xantin de Ville-franche, lequel
forcené de rage, à cause d'vne vache
& d'vn bœuf qui luy estoient
morts , s'en alla dans l'estable d'vn
sien voisin, où treuuant de cas fortuit vn asne & vne truye auec deux
cochons, il y tailla tout en pieces, &
mangea la moytié de l'asne sans
boire vne seule fois. Ie pourrois
alleguer à ce propos plusieurs autres exemples aduenus de nostre
temps , mais ie suis contant de les

paſſer ſoubs ſilence, tant pour euiter la prolixité, qu'à cauſe qu'ils ſembleroient comme incroyables à ceux qui les pourroient lire. Il me ſuffit de dire que ces fols ſont à bon droict appellés furieux ou brutaux, & dignes d'eſtre en-chaiſnez. Le portraict du Dieu Mars leur ſert d'enſeigne dans l'Hoſpital, parce que c'eſt luy qui fomente les fantaſtiques humeurs qui predominent à leur cerueau: Adreſſons-luy doncques ceſte prie-re, afin que luy meſme amortiſ-ſant vn peu les flammeches de leur folie, ils en gueriſſent le pluſtoſt qu'il ſera poſſible.

Priere au Dieu Mars pour les Fols for-
cenez, ou brutaux.

C'Eſt à vous, fils aiſné de Iupi-ter & de Iunon, ores appellé

Mars, & tantoſt Mauors, parce que
vous ruinez de fonds en comble les
choſes grandes, à vous dis je Mars
vengeur frere de la Deeſſe Bellone,
auquel ie m'adreſſe pour vous re-
commander ces pauures fols inſen-
ſez & brutaux, dont les folles humeurs prennent accroiſſement de
iour en iour: deſtournez loing de
leurs teſtes vos influences farouches, afin qu'en eſtans depetrez ils
ſe laiſſent lier par vous de meſme
façon que vous fuſtes enlaſſé auec
Venus dans les filets de Vulcan. Si
doncques outre les chants des Pre-
ſtres Saliens, vous deſirez d'ouïr
vne plus douce muſique dans voſtre Temple, & outre le loup & le
piuert qui vous furent iadis vouez
voir conſacree à voſtre diuinité la
griffe de la grand'beſte, rendez
quelque eſperance de ſanté à ces
                    miſerables,

miserables, qui ne manqueront de
vous offrir ce qu'ils vous ont voüé
maintenant.

Des Fols par boutade & extra-
uagans.

DISCOVRS XXV.

Ous appellons fols par
boutade ou extrauagans,
ceux qui font des saillies
& des eslans de folie, se
laissans emporter à vne certaine al-
legresse qui depend des extremitez,
& qui par vn transport d'extraordinaire temerité, leur faict dire &
faire des actions qui ne sont en rien
dissemblables, à la disposition naturelle qui est en eux. Ceux-cy sont
la plus-part du temps altiers & pro-

pres.à boufonner , prouoquans le
monde à rire par leurs boutades faictes hors de faifon, comme ceux qui
en temps de Carefme veulent faire
reuenir le Carnaual , & qui font
toufiours en humeur de faire quelque trait de folie, fans auoir efgard,
ny au temps , ny au lieu, ny à mille
autres circonftances neceffaires.

L'ancien exemple de l'Athenien
Damafipe rapporté par Cœlius,
nous reprefente vn effect de grande
folie. Ceftui-cy eftoit fi accomply
en boufonnerie, qu'ores auec vne
contenance de Singe, tantoft auec
des poftures eftranges, & des mots
inufitez il entretenoit vne compagnie , s'obftinant à contrequarrer
ceux qui luy portoient quelque
fois vn reuers fur la mouftache.
L'on peut enroller en la compagnie
de ces fols vn certain Antonello de

Rubia, dont l'humeur fentoit toufiours le Comedien & le ioüeur
de farces. Ce fuſt luy qui fe trouuant vn iour en la prefence d'vn
Seigneur de marque reprefenta deuât luy tant de traicts de folie, contrefit ſi bien les fols de ſon pays, &
rencontra de ſi bône grace ſur toutes les fortes de plaifanteries, qu'il
s'en fallut bien peù que ce Seigneur
ne s'efuanouit à force de rire. De
cefte mefme tache de folie eſtoit
marqué celuy qu'on appelloit
l'Empereur de Boulogne. Entre
les plus ridicules actions, qui fe ra-
content de luy, ceùx qui l'ont co-
gneu difent que le Preuoſt de la
ville luy ayant donné commiſſion
de faire en fon abfence certaines
criees, immediatemêt oppofees à la
liberté du public, il fiſt le trompet-
te luy-mefme, & les ayant publiees,

il dit tout haut , que le Preuost
auoit bon temps de commander
telles proclamations,que pour son
particulier il l'auoit veritablement
seruy en ceste action , mais que son
dessein n'estoit point d'obseruer le
contenu de ses mandemens, ny de
les conseiller au public, si bien que
par ceste remonstrance il fist rire
tous ceux qui l'escoutoient, remar-
quans en sa boufonnerie vn conseil qui ne pouuoit tourner qu'à
leur aduantage. Il faut encores
mettre en ce rang celuy qu'on appelloit Machoire d'asne , lequel
estant au seruice d'vn certain Espagnol grandement riche, comme il
l'eust vn iour menacé de luy mettre
la teste bas, ce bon vallet s'en alla
dans l'escurie où il y auoit dix ou
douze testes de cheuaux, lesquelles
ayant prises & apportees à son

Maiſtre, il le pria de prendre celle
que bon luy ſembleroit, pourueu
qu'il eſpargnaſt la ſienne. Action
qui tourna toute la colere de l'Eſ-
pagnol en riſee. Ceux cy doncq-
ques appellez extrauagans & fols
par boutade, ont pour enſeigne
dans l'Hoſpital vn tableau de la
Deeſſe *Volupia* ou *Voluptina*, de laquelle nous inuoquerons le ſecours.

Priere à la Deeſſe Voluptina pour les
Fols extrauagans & pleins de
boutades.

PAr tous les esbats & les plaiſirs
que vous reſerrez dans voſtre
ſein, ô chere Deeſſe *Voluptina*, par le
ris de Democrite & par celuy de
Philiſtion de Nicee, qui creua de
tire, par l'allegreſſe de Philipides le

Comique , qui en mourut tout de
bon, par la refiouyſſance du Lace-
demonien Chylon, qui rendit l'eſprit dans les chers embraſſemens
de ſõ fils courõné aux ieux olympi-
ques, par tous les traicts de riſee ſortis de la bouche du Dieu Liber, &
par toutes les delices qui ſe treuuent au cœur des Graces ie vous
prie, & reprie de refrener ſi bien la
violente diſpoſition qui tranſpor-
te ces pauures fols extrauagans aux
actions de boufonnerie, que s'ils ne
ſe treuuent tout à faict gueris par
voſtre moyen ; du moins ils ſoient
vn peu ſoulagez. Si vous le faictes,
ſouuenez vous qu'ils appendront
à voſtre autel vn tambour de Baſ-
que, pour marque, que vous les
auez aſſiſtez au beſoing.

Des Fols obſtinez comme vn Mulet.

DISCOVRS XXVI.

Es aſnes de race pleins
d'vne ſi grande obſtina-
tion, qui ſemblent plus
endurcis que le diamant,
& qui ſe font prier quatre heures
pour accorder les choſes qui ſont
requiſes par le deuoir, ſont proprement appellez dans ceſt Hoſpital
fols obſtinez comme vn Mulet. La
ſaincte Eſcriture nous en fournit
vn exemple en la perſonne de Pha-
raon, dont le cœur tout de marbre,
a laiſſé à la poſterité vne deplorable memoire d'vn fol le plus obſti-
né qui fuſt oncques : tellement
qu'on peut à bon droict mettre en

doute s'il eftoit pere ou fils de la
mefme obftination. Les Efcriuains
Ecclefiaftiques nous depeignent
encores pour vn fol de femblable
eftoffe l'execrable Iulien l'Apoftat,
qui durant le cours de fa vie fe declara toufiours ennemy de Iefus-
Chrift, fi bien que vomiffant fon
ame maudite, il ne fe repentit iamais de fes infames mefpris : au
contraire tout forcené de cholere
& de rage, bien qu'il fe confeffaft
vaincu, il ne laiffa pas de mefprifer
mefchamment fon vainqueur,
quand il dit, *Galilee, vicifti*. Il faut ad-
ioufter à ce mefme rang tous les ty-
rans anciens côme vn Denys de Si-
cile, vn Bufire, vn Phalaris, vn Poli-
crates, vn Creon, & les modernes
auffi, comme vn Eccelin, vn Valan-
tin, & autres dont la memoire eft
odieufe à la pofterité. Mais ie fuis

contant de rapporter icy vne exemple du plus grand fol qui fuft iamais de cefte efpece, de forte qu'on peut vrayement appeller fa folie vne obftination d'afne ou de mulet, digne d'eftre abbatuë s'il eftoit poffible à grands coups de baftons, comme on abat les noix à coups de perches. Ceftui-cy s'appelloit Bronte de fainct Albert, lequel né pour eftre vn fpectacle d'endurciffement & d'obftination, le fift affez paroiftre vn iour, lors qu'expliquant ce paffage de Donat, *Ianua fum rudibus*, il fe mift à dire que le mot *ianua* fignifioit *Genoua* difant l'auoir veu dans vn dictionnaire de Medecine d'vn certain nommé maiftre Simon Geneuois, qui a faict vn recueil de toutes les œuures de Galien. Or bié qu'en cefte compagnie fe treuuaffent plufieurs hommes doctes qui le reprenoient de sa folie, il ne voulut iamais demordre de son opinion en laquelle il s'obstina tousiours de plus en plus.

En fin ayant resolu de tenir ferme, il dit tout haut, que s'il estoit question de l'expliquer à leur mode, il croyoit pour luy que le mot *ianua*, signifioit plustost le portier que la porte, ce qui obligea toute la compagnie à rire de la consequence de ce bon Logicien. I'obmets l'obstination de cest autre Archipedant, lequel (comme c'est l'ordinaire de ces Messieurs d'estre les plus obstinez & les plus ignorás hommes du monde,) estant vn iour entré en dispute auec vn maistre d'Eschole grandement docte & bien appris, sur l'explication de ces mots de Caton, *Troco lude; aleas fuge*, fut si effrõté de dire obstinémét

que par ces paroles Caton donnoit licéce aux ieunes gés de ioüer
tout à leur aife, & que celles-cy *aleas*
fuge fignifioiét fuyez les aulx, ou ab-
ftenez vous des aulx, fur quoy fon
opiniaftreté fut fi grande à defendre fon opinion, que le Maiftre
d'efchole fut contraint de luy ce-
der, de forte que le pedant faifant
trophee de cefte victoire, il a bien
faict, difoit-il, de fe confeffer vaincu, car auffi bien ay-ie leu plus de
quatre fois Prician, Diomede &
Scopa, outre que i'ay vn beau Dictionnaire chez moy compofé par
vn certain Tortellius Nauarrois,
qui m'efclaircit de tous les mots
que me fçauroient demander ceux
qui s'obftinent à la difpute contre
moy. Il fuffit d'auoüer que tels font
les fols qu'on appelle obftinez
commevn mulet, lefquels ont dans

l'Hospital le portraict de Minos,
aux faueurs duquel nous aurons
recours , afin qu'il les daigne
assister.

Priere au Dieu Minos pour les Fols ob-
stinez comme vn Mulet.

SEuere & inexorable Iuge, Dieu
des ondes Stygiennes, fils de Iupiter & d'Europe, puissant Roy de
Crete, & mary de ceste Pasiphaé, laquelle par vne brutalle lasciueté
embrasee de l'amour d'vn Taureau,
s'accoupla vilainement auec luy:
persecuteur de Dedale, pour auoir
faict ceste vache de bois, ou s'enfer-
ma la mesme Pasiphae, pour contenter son appetit desreiglé; par ceste rigoureuse seuerité qui vous est
iustement attribuee d'vn chacun, ie
vous prie, supplie & coniure, de

proceder de telle sorte enuers ces
miserables obstinez qui se sont
voüez à vous, qu'ils s'apperçoiuent
que leur obstination est grandement differante de la vostre, car
comme en matiere de choses ho-
nestés & iustes, vous ne flechissez iamais, eux tout au contraire, sont si
obstinez en ce qui repugne à l'equi-
té, qu'il ne se treuue aucune propor-
tion de leur naturel au vostre. Par-
tagez leur donc ô, grāde Diuinité,
l'obstination qui regne en vous,
afin qu'ayant fauorisé ceste troupe
opiniastre de fols, ils vous offrent
pour recognoissance vn sabot du
plus dur bois qui se pourra treuuer,
pour monstrer que l'endurcisse-
ment qu'ils tiendront de vous, leur
sera beaucoup plus vtile que celuy
qui viendra d'eux mesmes.

Des Fols importuns & malicieux.

DISCOVRS XXVII.

'On appelle ordinaire-
ment fols importuns &
malicieux, ceux qui pre-
nans plaisir à fascher les
vns & les autres, & ne pouuans demeurer en repos, font cause finalement que les personnes qu'ils atta-
quent sans auoir esgard à ceste folie, les punissent à l'esgal de leur importunité, de maniere qu'il leur aduient la plus part du temps d'estre
traictez auec vne confusion d'autant plus grande que leur presom-
ption, ou la bonne opinion qu'ils
ont d'eux mesmes est inutile & extrauagante. Nous apprenons ceste

verité par l'exemple de Catilina,
lequel ayant coniuré contre la Re-
publique Romaine,& entrepris de
ruiner entierement Ciceron, fut
bien estonné quand il vit que ce
grand Orateur l'eneuloppa dans
les propres filets, & que par le
moyen d'vne femme il descouurit
si bien ses menees, que le conspira-
teur se vit subtilement pris comme
escrit Saluste,auec tous ces compli-
ces. Ce n'est donc pas sans subiet
que nous le mettons au rang de ce
genre de fols, dont nous parlons
maintenant, ensemble Louis surnommé le More, lequel comme le
remarque Guichardin , pensant
faire vn grand despit à Ferdinand
Roy de Naples, d'enuoyer contre
luy vne armee,apprist par espreuue,
que toutes les forces dressees con -
tre ses ennemis luy firent perdre

l'eſtat, l'honneur & la vie. Ie pourrois ſur ce meſme ſubiect alleguer
vne infinité d'autres exemples aduenus au deſaduantage de ceſte maniere de fols, leſquels ont pour enſeigne en leur chambre vn Rhadamante duquel i'imploreray le ſecours à l'accouſtumee , pour ces
pauures miſerables , ignorans &
boufons.

Priere à Rhadamante pour les Fols im-
portuns & malicieux.

ENtre tous les Iuges il ne s'en
treuue point de pl' iuſte, ny de
plus ſeuere que vous, auquel eſt aſ-
ſocié Minos & Æacus fils d'Ægine
& de Iupiter, voyla pourquoy vous
eſtes iuſtement inuoqué pour remedier aux extrauagances d'vne eſpece de fols , qui ne cheriſſent que
l'iniuſtice,

l'iniuftice, faictes donc ô grand Iuge ce qui eft de voftre deuoir , &
pour recompence nous vous fe-
rons des vœux à iamais , aufquels
nous ioindrons des actions de graces pour n'eftre blafmez d'ingrati-
tude enuers vous.

Des Fols indomptez , & forts en bou-
che comme vn cheual.

DISCOVRS XXXVI.

Eux qui par leurs fou-
gues, autant fafcheufes
que temeraires , fe don-
nent la hardieffe & la liberté d'offencer indifcrettement,
tant de parole que d'action toutes
fortes de perfonnes , s'imaginans
qu'vn chacun eft obligé de les
fouffrir , font appellez en peu de

O

mots des fols indomptez & forts
en bouche comme vn cheual, parce
qu'õ ne les fçauroit aborder qu'ils
ne ruent des coups de pied contre
les vns & les autres , c'eſt à dire,
qu'ils n'offencent indiſcretement
tous ceux qu'ils ont à rencontre.
Seneque en ſes epiſtres ſemble
mettre au rang de ceux-cy vn certain Oſcus, qui diſoit eſtre né au
monde, pour n'auoir iamais de repos, & pour eſtre en vne perpetuelle inquietude, ne ceſſant par ſes paroles & par ſes façons de faire d'im-
portuner tout le monde.

Les Poëtes ont mis en ce meſme
rang vn certain Momus, qui par ſes
indiſcrettes boufonneries & medi-
ſances donna lieu à ce commun dire, qu'il n'y auoit point d'ouurage
ſi excellent ny ſi accomply , auquel
Momus ne treuuaſt à redire. On

raconte de luy mefme à ce propos,
que voyant vn iour la belle ftatuë
de Venus , que le diuin Phidias
auoit faicte, & ne fçachant comme
blafmer ceft ouurage, il ne voulut
point partir de là fans faire voir aux
affiftans fon inclination à reprendre toutes fortes de pieces, difant
que Venus n'auoit point de grace
auec les brodequins que Phydias
luy auoit donnez. Il s'eft treuué de
noftre temps vn certain Gamba
Orta, digne vrayement d'eftre en-
rollé en cefte compagnie. Ceftuy-
cy ayant faict en forte d'entrer en
vne certaine Comedie qu'õ repre-
fentoit à Vicence, monta temerairement fur le theatre où il fift vn
grand prologue , fur toutes les
actions des Comediés, les blafmant
en diuerfes façons , & auec tant
d'importunité , qu'vn d'entre eux

O ij

fuſt contraint de luy dire qu'il falloit tenir pour miracle l'honneur
que la compagnie luy faiſoit de
l'ouyr parler, comme veritablement c'eſtoit vne merueille que ce
Prince des beſtes entretint des
hommes par ſes importunes ca-
lomnies.

A ceſt acte de folie eſt ſemblable
celuy d'vn certain Porcia, lequel
ayant eſté mené par vn ſien amy à
la ſalle du grand Conſeil de Venize, comme il remarqua tant de
Gentils-hommes & de Seigneurs
pleins d'honneur & de majeſté, il
ſe miſt indiſcretement à faire des
contes, controllant ores le bonnet
de l'vn, & tantoſt la mine de l'autre;
Dequoy s'apperceuant vn Sena-
teur, il luy fiſt ſigne auec ſon gand
qu'il s'en vint parler à luy. Il l'in-
terrogea d'abord de ſon nom, &

fçachant qu il s'appelloit Porcia
Caueza, il le prift par l'oreille & luy
dit, Cher amy, dont la mine n'eft
pas moindre que celle d'vn pourceau , retournez-vous en ie vous
prie à voftre village, car il ne faict
pas bon icy pour vous. Ce maiftre
fot eftourdy de ces paroles s'en alla
droict à fon compagnon, duquel
s'approchant, retournons-nous en
ie vous prie, luy dit il, car ce Gentil-homme qui vient de parler à
moy m'a dit qu'il me feroit donner
trois coups de corde. Dans ce Ca-
talogue des Fols l'on a mis l'Aretin
Nicolo Franco, Burchiello, Bernia,
& autres amis de Pafquin & de Mar-
phorio , lefquels ont efté fouuent
menez d'vne eftrange forte par
ceux contre lefquels ils auoient vo-
my le venim de leur infolence. Et de
vray ces maiftres fols auroient be-

foing d'vn bon caueſſon qui leur
ferraſt eſtroittement la bouche
pour les empeſcher de faire leurs
faillies accouſtumees. Ces fols ont
dans l'Hoſpital le portaict de la
Deeſſe Hyppone, à laquelle nous
addreſſerons la priere ſuiuante, àfin
qu'il luy plaiſe dompter ces beſtes
farouches.

Priere de la Deeſſe Hypone pour les Fols
indomptez & forts en bouche
comme vn cheual.

QVand les Anciens (ô belle
Deeſſe) mirent dans les eſcuries voſtre portraict, ce ne fut point
par vne maniere de meſpris : mais
bien , parce qu'ils ſçauoient que
tous les animaux ont quelque Dieu
tutelaire. C'eſt ainſi que Syluain
eſt le Dieu des brebis, Miager celuy

des moufches,& Bubone des beufs.
Pour cefte mefme raifon vous auez
efté adoree comme Deeffe qui prefidez aux cheuaux, & voyla pourquoy nous vous prions tous d'eftre
propice à ces pauures incenfez, aufquels fi vous daignez eftre fecoura-
ble, comme c'eft voftre couftume,
& les regarder d'vn œil de pitié,
vous verrez que lors que vous y pé-
ferez le moins ils vous feront vne
excellente offrande pour recognoiffance du fecours que vous
leur aurez donné.

Des Fols extrauagans & incurables.

DISCOVRS XXIX.

Ous appellons extraua-
gans & incurables ces
fols qui font certaines
folies extraordinaires ou nouuel-

les, & qui vont par deſſus le commun. De ceſte maniere de folie
eſtoit poſſedé vn certain Thraſillus
Æſonien, lequel comme le remarque Ariſtote, ſe faiſoit accroire que
tous les vaiſſeaux qui abordoiēt au
port eſtoient ſiens, de ſorte que s'il
voyoit arriuer quelques Nauires de
loing il leur alloit au deuant pour
les receuoir auec vn viſage & vn
cœur tout comblé d'allegreſſe. Que
ſi les vaiſſeaux eſtoient ſur le point
d'eſtre mis à la voille, & de ſingler
en pleine mer vers la route du Leuant & du Ponant, il ne manquoit
de les accompagner, leur ſouhait-
tant vn bon vent & vn heureux retour. Le meſme Ariſtote dit, qu'il
y en eut vn autre, lequel commen-
çant à deuenir fol s'en alloit tous les
iours au theatre, & comme s'il euſt

voulu reciter vne commedie,& faifoit tous les geftes que les Comi-
ques ont accouftumé de faire quád
ils reprefentent quelque action.
Plutarque rapporte vn autre exemple de certaines Vierges Milefien-
nes , qui furent frappees d'vn fi
grand excez de folie que fans aucune confideration elles fe donnoiét
la mort. A quoy ne feruoit de rien
le fouuenir de leurs anceftres,ny les
larmes de leurs plus proches parens. Ma's il aduint en fin que le
Senat s'eftant affemblé pour y mettre remede; Vn des plus apparens
de la compagnie dit tout haut que
fi elles continuoient en leur folie,
il falloit ordonner qu'elles feroiét
defpouillees toutes nuës , & ainfi
expofees à la veuë du public fur le
gibet. Laquelle ordonnance eftant
appreuuee d'vn chacun,& par con-

sequent mise en execution, leur
donna tant de terreur à l'aduenir
qu'elles ne firent plus les folles, &
par ainsi la honte eut plus de force
sur elles que la folie. A la mort de
celles-cy fut semblable celles d'vn
certain Laurentian Florentin,
hôme fort docte, & de l'vn des plus
grands Philosophes de son temps
appellé Leonius, lesquels comme le
remarque Crinitus, sans auoir aucun subiect de se faire mourir, se
ietterent tous deux dans vn puits,
& y finirent leurs iours.

Grande fut vrayement la folie
d'vn nommé Thibault de Cansia-
ne, qui se faisant accroire qu'il
estoit le Soldan d'Egypte, s'en alloit souuent pied nud, & le Turban
sur la teste, en vne certaine grote
proche du lieu de sa naissance qu'il
disoit estre la grande Mosquee. Là il

menoit vne trouppe de pourceaux
qu'il appelloit les ambaſſadeurs
des Princes qui l'accompagnoient
pour luy faire honneur, puis entré
qu'il eſtoit dans la grotte, il com-
mençoit d'entonner ces vers:

Voicy Thibault le grand Soldan
Qui dans ce ſainct lieu vous preſage
Toute ruine, & tout dommage
Si vous n'aprenez l'Alcoran.

Vn autre nommé Scarpaccia de
Gradiſque, eut dans la teſte vne
humeur ſi extrauagante, que s'imaginant d'eſtre le Roy des Cocus, à
chaſque demande qu'on luy faiſoit, il reſpondoit touſiours par
trois fois Cou cou cou : que ſi la
deſſus on luy diſoit s'il n'auoit
point d'autre reſponce à faire, Ie ne
ſçaurois, repliquoit-il, reſpondre
autrement qu'en cocu, puis que
i'ay l'honneur d'en eſtre le Roy. Ie

me souuiens d'auoir ouy dire qu'vn
certain Albert natif d'aupres d
Boulogne ne fut gueres plus sag
que ceux dont nous venons de par
ler. Cestui-y s'estát mis en la fantaisie qu'il estoit Souuerain de la Mi-
randole, escriuit vne lettre au Seigneur du pays, par laquelle il luy
mandoit qu'il eust à luy rendre vne
des principales forteresses : à quoy
le Seigneur n'ayant faict aucune
responce, il monta tout aussi tost à
cheual, chargé d'vn tambour sur
ses espaules: en cest equipage il tira
droict à la Mirandolle, où arriué
qu'il fut, il declara la guerre de sa
part à tous ceux du pays, mais comme il vit qu'vn chacun se rioit de sa
folie il monta sur les murailles du
lieu, où s'estant deschargé le ventre
il se mit à crier, que si les habitans
ne le vouloient receuoir pour sei-

gneur, qu'à tout le moins ils ne re-
fufaffent point celuy qu'il leur laif-
foit à fes pieds.   Ces fols ont pour
enfeigne dans l'Hofpital le portrait
d'Hercule, lequel eftant fans doute
leur deffenfeur, nous l'inuoquerons
en cefte priere.

Priere au Dieu Hercule pour les Fols
extrauagans & incurables.

VOus eftes ce robufte & gene-
reux fils de Iupiter & d'Alc-
mene appellé Tyrintien, pour auoir
efté nourry à Tyrinte pres de la Gre-
ce, furnommé Thebain, parce qu'õ
vous adoroit dans Thebes; vaga-
bond, parce qu'en courant le monde vous le purgeaftes de monftres;
honoré du nom du grand Alcide, à
caufe que vous eftes nepueu du fameux Alcee. C'eft vous, qui par le

moyen de voſtre grande force eſtãt
enuié de la Deeſſe Iunon, fuſtes ex-
poſé à des fatigues inſupportables,
elle ſe laſſant pluſtoſt de vous commander que vous de luy obeyr,
vous meſme grand Heros eſtant
encores dans le berceau eſtouffa-
ſtes les deux ſerpens qu'on y mit
pour vous perdre, & depuis eſtant
encore fort ieune vous engroſſates
en vne nuict les cinquante filles de
Theſpius, dõt vous euſtes cinquante fils, qui de ſon nom furent appellez Theſpiades. Vous eſtiez encores en la fleur de vos ans quãd vous
defiſtes L'hydre à ſept teſtes, aupres
du mareſcage Lerneen : vous miltes
encore à mort la biche d'Eripide,
laquelle courant d'vne viſteſſe iſ-
nelle ſembloit voller auec ſes cornes d'or à la teſte : elle tresbucha
ſoubs voſtre main prez du mont

appellé Menale, comme pareillement le Lyon Nemeen que vous ef-
gorgeaftes dans la foreft Nemeene,
feruit de proye & de trophee à voftre valeur , car vous en portaftes
toufiours depuis la peau fur vos efpaules. C'eft vous qui fiftes que
Diomede Roy de Thrace fuft luy
mefme la pafture de fes cheuaux lefquels il repaiffoit de fang & de la
chair de fes hoftes, vous qui fur
Erymanthe mont d'Arcadie priftes
l'horrible fanglier qui rauageoit
tout le pays, & le portaftes à Eury-
ftee, vous qui chaffaftes iufques en
l'ifle Aretide les oyfeaux appellez
Stymphalides, de grandeur fi deme-
furee, qu'ils defroboiét la lumiere au
Soleil, vous qui domptaftes le taureau qui ruinoit toute l'ifle de Can-
die, qui arrachaftes la corne d'A-
chelous Roy d'Ætolie, qui miftes à

mort Busiris Tyran d'Egypte si
cruel, qu'il mágeoit tous les estrangers qui arriuoiet chez luy, qui dás
la Lybie suffoccastes le Geant An-
tee, vous exerceant à la lutte auec
luy, qui separastes les monts Calpé
& Abyla, ioincts auparauant ensemble, qui pour soulager Atlas
lassé du pesant fardeau de l'Olympe, le chargeastes sur vos espaules,
qui par vne iuste guerre, ayant
vaincu Gerion Roy d'Espagne luy
ostâtes ses armes, deuës à bon droit
au merite de vostre valeur, qui defi-
stes le volleur Cacus, lequel vomis-
soit des flammes de feu par la bouche, qui mistes à mort vn autre lar-
ron, par qui les confins d'Italie
estoient rauagez, y bastissant vn
Temple à la Deesse Iunon qu'on
appella depuis Lacinyenne, qui
surmontastes Albyon & Bergyone
proches

proches de l'emboucheure du
Rhofne , qui defiftes à guerre ouuerte Pyrecmon Roy d'Ætolie, qui
combattoit contre les Bœotiens, le
faifant trainer attaché à la queuë
de fes cheuaux, qui domptaftes les
Centaures , qui portaftes les deux
colomnes iufques aux Gades , qui
purgeaftes l'eftable d'Augee , qui
deliuraftes Hefione fille de Laomedon de la fureur d'vn Ours Marin, auquel on l'auoit expofee , qui
ruinaftes la ville de Troye , fafché
de ce que l'ingrat Laomeodó auoit
refufé de vous liurer certains va-
leureux Corfaires vous les ayant auparauant promis, qui faccageaftes
l'ifle de Chic, faifant paffer par le fil
de l'efpee le Roy Euripille auec fes
enfans, qui fubiugaftes les Amazo-
nes, rendant voftre prifonniere
Hyppolite leur Reine, qui defcen-

du au enfers liaftes d'vne triple
chaifne le chien Cerbere, & le me-
naftes au monde ainfi garotté. C'eft
vous encore, par le moyen duquel
fuiuant l'opinion de plufieurs, Pro-
ferpine femme de Pluton fût enle-
uee, qui retourné dès enfers occi
ftes Lycus Roy de Thebes , pour
auoir voulu prendre à force voftre
femme Megra, qui tranchaftes d'vn
coup de fleche l'aigle , qui fur le
mont Caucafe deuoroit le cœur re-
naiffant de Promethee, qui vain-
quiftes en vn comba à cheual Cy-
gnus fils de Mars voftre coriual, qui
furmontaftes le corps au temps que
vous feruiez de chambriere à Omphale Reine des Lydiens, qui ruinaftes Hebee auec toute fa famille,
ofant mefme bleffer Iunon, parce
qu'elle luy donnoit du fecours, qui
miftes à mort Eurite Roy d Ocha-

lie, & qui razaſtes la ville appellee
de ſon nom. C'eſt vous finalement
qui apres auoir forcé Iole fille du
ſuſdit Eurite qu'on vous auoit reſu-
ſee, la menaſtes en Euboree , vous
qui pres du fleuue Sagarys tuaſtes
vn ſerpent de grandeur demeſuree.
Qui fiſtes mourir le Dragon gar-
dien du iardin des Heſperides , qui
deliuraſtes les Otheens des freſlons
& des mouches gueſpes qui les mo-
leſtoient, & pour le dire en vn mot,
vous pour la generation duquel il
fallut que de deux nuiſts Iupiter
n'en fiſt qu'vne ſeule. Les merueil-
les de voſtre vie eſtant ſi grandes,
vous ſera-t'il impoſſible de faire en
ſorte que ces fols aſſiſtez de voſtre
diuinité moderent vn peu leur extrauagante fureur, nenny ſans doute, ô heureux Heros. Temperez
donc vn peu leur manie, & ſi vous

le faictes ie vous promets qu'outre le temple que les Egyptiens & les Tyriens vous ont esleué, vne grande chapelle vous sera consacree en cest hospital.

Des Fols endiablez & desesperez.

Discovrs XXX.

LA plus sauuage, la plus estrange & la plus maudite espece de fols qui se treuue dás le móde, est sans doubte celle de ces miserables qu'on appelle ordinairement fols endiablez & desesperez, ce nom conuient fort proprement à leur nature endiablee & du tout infernale, parce qu'il est impossible de croire combien ils sont enuenimez

& fournis de toutes sortes de ruses.
Ceste engeance n'est pas petite, ains
elle s'estend & pullule de toutes
parts comme L'hydre, car ces mes-
chans mettent en combustion le
Ciel & la terre, par les flammes de
leur malice. De ceste race furent
iadis ces Geants, qui pour punition
de leur orgueil se virent foudroyez
par le pere des Dieux & des hommes.

Les Geants, ô mechef, se forcerent iadis
De combattre le Ciel, & furent si hardis
D'attaquer Iupiter & luy faire la guerre,
Qui les escraza tous d'vn coup de son ton-
nerre.

De ceste mesme race estoit ce mes-
chant Maxentius, qui selon Virgile se mocquoit des Dieux, & mes-
prisoit leur diuinité, ce qui faict dire Macrobe, qu'il fust impie enuers
les hommes, sans porter du tout

point de refpect aux Dieux. Ie tiens
pour moy que Lycaon Roy d'Arcadie fuft vn fol bien endiablé, s'il
eft vray ce qu'en dit Ouide au premier de fes Metamorphofes, à fçauoir qu'il fuft fi effronté que de
dreffer des embufches à Iupiter tenu pour le premier de tous les
Dieux. Tous les efcriuains ont
iuftement blafmé l'impieté de Xer-
xes Roy des Perfes, qui fut fi teme-
raire de menacer le Soleil, de le pri-
uer de fa lumiere, d'emprifonner
Neptune Dieu de la Mer, & de luy
mettre les fers aux pieds. Ie mets en
ce mefme rang vn certain Plegias
Roy des Lapythes, & pere d'Ixion,
qui pour auoir temerairement mis
le feu au Temple d'Apollon Del-
phique, fut pour iamais confiné dás
l'enfer, comme le remarque Virgile. Valere Max. & Lactance Fir-

mian, mettent au principal rang de
ces fols, Denys Tyran de Syracuſe,
qui tenoit tellement à meſpris la
diuinité, que luy meſme ſouloit dire à ſes amis, qu'il s'eſtonnoit fort
de la patience des Dieux qui le laiſ-
ſoient viure ſi long temps ſur la
terre. I'obmets ce qu'vn Hiſtorien
raconte de Euarice Roy des Gots,
lequel enfermoit d'vne gráde haye
les Egliſes des Chreſtiens, pour les
faire paroiſtre autant de lieux ſau-
uages & inhabitez.

Nous liſons à ce meſme propos
que Genſerie Prince des Vendales
commiſt ceſt execrable ſacrilege,
que de faire des eſcuries des Egliſes des Chreſtiens, monſtrant bien
par là qu'il eſtoit vn fol diabolique
& infernal.

Ie ne parleray point de Totila
ny d'Attila, qui fut ſurnommé

le fleau de Dieu, ny d'Atanarie non
plus que de ce Duc, qui faifoit cou-
per les parties honteufes à tous les
Diacres qui luy tomboient entre
les mains, bref ie pafferay foubs fi-
lence vne infinité d'ennemis de
Dieu qu'on a veu de noftre temps,
commettre toutes les fortes de rapi-
nes, de violéces, de facrileges, d'ho-
micides & de rebellions qu'on
fçauroit s'imaginer.   Tel eft doncques le naturel des fols dont nous
parlons maintenant, dignes de mille gibets, & qu'ó n'appelle pas fans
fubiect endiablez & defefperez,
parce que leur malice fe rend conforme du tout à celle du Diable.
C'eft pourquoy ayant à chercher
quelque Dieu qui puiffe apporter
du remede à leur mal, ie ne fçaurois
trouuer vn meilleur Medecin que
Pluton, qui en faict la diffection en

enfer. Ie luy addreſſeray donc à
ceſt effect la priere ſuiuante.

Priere à Pluton pour les Fols endiablez
& deſeſperez.

POur guerir la folie de ces dia-
bles, quel Dieu plus puiſſant
pourrois-ie inuoquer que toy grád
Pluton? Roy de l'enfer, ſouuerain
Seigneur des ondes Stygiennes,
toy dis ie qui preſides à ces flammes, qui ſont mille fois plus ardan-
tes que celles d'Ætnee & de Mont-
gibel; me puis-ie mieux addreſſer
qu'à ce Dieu qui eſt fils de Saturne
& d'Ops, frere du grand Iupiter,
Seigneur des Royaumes Infernaux,
puiſſant à cauſe de ſes richeſſes, &
pour ceſt effect appellé Dis, comme pareillement Orgué, à cauſe de
la iuſte ſeuerité dont il vſe à punir

ceux-cy des peines qu'ils ont meri-
tees. A qui dois ie auoir recours,
qu'à celuy qui arrache le cœur à
Titius. Qui punit Tantale d'vne
foif eternelle, qui faict tourner
la rouë d'Ixion, rouler la pierre de
Sifiphe, & redoubler les peines
de Salmonee, vous vengeur des
excez, & fleau des mefchancetez,
deuez auoir foing de remedier à
la folie de ceux cy, de mefme façon que vous en auez guery plufieurs autres, liurez les donc entre les mains des furies, afin que
s'irritans contre eux ils en foient
traictez comme leur mal le merite,
fi vous le faictes l'on ne manquera
point de recognoiftre ce bon office, & de vous remercier de la peine
que vous aurez prife, de les punir
conformement aux demerites &
aux forfaicts qu'ils auront commis.

DISCOVRS DE

L'AVTHEVR SVR CE DEPARTEMENT DE L'Hospital, qui fert à loger les femmes.

O ù il eft monftré que toutes les eſpeces de folie fus-mentionnees ſe retreuuent en elles.

PVis qu'il eſt ainſi, Meſsieurs, que vous auez veu à voſtre aiſe, & l'vne apres l'autre toutes les chambres de ceux qui poſſedez de diuerſes folies, ſeruent aux yeux d'autruy d'vn ſpectacle autant ridicule que miſerable : puis que leurs actions vous ont donné le conten-

tement & la merueille que produi-
sent d'ordinaire des humeurs si ex-
trauagantes, il me semble qu'il ne
sera pas hors de propos de vous
monstrer cest autre endroict de
l'Hospital, qui est le departement
des femmes, de vous faire voir de
vos propres yeux les plus ridicules
subiects de folie qu'il soit possible
d'imaginer.

Iettez donc vostre veuë du costé
que ie vous monstre, & regardez à
main gauche ceste longue suitte de
chambres, où se voyent tant de de-
uises de tiltres & d'armoyries. Toutes ces chambres seruent de retrait-
te aux femmes folles, & ce n'est pas
vne petite faueur d'y pouuoir estre
introduit : Aussi ne les monstre-
t'on que bien rarement, parce que
ces pauures folles y sont ordinairement toutes nuës, comme vous

voyez maintenant Ceste premiere
chambre où se voit pour corps de
deuise vn faisseau d'orties sauua-
ges, auec ce mot *in puncto vulnus*, est
celle d'vne grande Dame Romaine
appellee Claudia Marcella, qui durant sa premiere ieunesse fut la plus
courtoise & la plus gentille Da-
moiselle qu'on vit iamais; si bien
qu'vn chacun la nommoit rare
exéple de grace, l'vnique pourtrait
de la courtoisie, le modelle de la
beauté, & l'idee toute formee de la
gentillesse: Mais helas! considerez
ie vous prie en elle, combien est mi
serable la condition humaine, &
combien deplorable son aduantu-
re. Elle s'en alloit vn iour au temple de la bonne Deesse, quand sa
mauuaise fortune voulut, que se
laissant cheoir sur vne pierre elle
en perdit le sens & la memoire tout

en vn coup ; de maniere qu'elle a
esté tousiours depuis frenetique,
sans qu'on ayt sceu iamais apporter
aucun remede à son mal, vous voyez
comme elle est couchee sur son lict
toute pasle & defiguree, respódant
ores d'vne façon & tantost de l'autre à ceux qui l'interrogent de quelque chose, son action ordinaire est
de prendre le pot de chambre & se
mirer dans l'vrine, ou dans le verre,
s'imaginant à tous coups qu'elle est
la sage Sybille, voila pourquoy le
Maistre de l'Hospital, comme ingenieux qu'il est, & homme de lettres,
luy a donné pour corps de deuise
le faisseau d'orties mentionné cy-
deuant, auec le mot *in puncto vulnus*,
pour monstrer aux estrangers qui
viennent visiter l'Hospital , que
tout ainsi que l'ortie picque aussi-
tost celuy qu'elle touche, de mesme

cefte Dame perdit l'efprit, & le fens
à l'inftant, que par vne cruelle cheute elle fuft bleffee au cerueau.

La chambre qui fuit apres cefte-
cy où vous voyez vne femme toute
dolente & efcheuelee , tenant fes
yeux panchez contre terre fans regarder iamais en haut , eft vne certaine Martia Cornelia du pays des
Infubres, qui des fon enfance a toufiours efté trauaillee d'humeurs melancholiques, à caufe dequoy vous
la voyez fi hagarde. Entre les autres humeurs qui trauaillent l'imagination de cefte cy, elle s'imagine
fouuent d'eftre deuenuë vn ver à
foye, & ne ceffe de ronger des feuil-
les de meurier, affeurant à tous que
cefte feule nourriture la peut
maintenir en vie. Vous voyez
auffi comme ces armes correfpon-
dent à fa maladie, qui font d'vn ver

à foye & d'vn rameau de meurier, auec ce mot pour deuife , *Et mihi vitam, & alijs decus.*

Paffez plus auant & entrez dans cefte chambre, où vous verrez vne femme, qui tenant en main vne ai-guille à coudre, n'en vfe qu'à pic-quer des mouches & des araignees, au lieu d'employer le temps à cou-dre. Cefte-cy s'appelle Marina de Volfci , & a pour armes vn bon vieillard, qui met en fuitte des pa-pillons, auec ce mot, *quo grauior eò fegnior.*

Dans la quatriefme chambre qui fuit apres, vous pouuez voir cou-chee de fon long vne femme ayans les cheueux efpars, & tenant d'vne main vn thyrfe, & de l'autre vn tam-bour , inftrument dont l'on vfoit d'ordinaire aux feftes du Dieu Bacchus. C'eft vne des anciennes

Bacchantes

Bacchantes ou preftreffes du Pere
Liber , qui ne faict autre chofe
que fe tourmenter dans fa chambre, branflant fon thyrfe, & ioüant
de fon tambour, mais côme elle eft
tout à faict yure, elle fe couche par
terre en diuerfes poftures, telle que
vous la voyez maintenant. C'eft
pourquoy le Maiftre de ceans luy a
donné pour blafon vne pie, tenant
à fon bec vn morceau de pain trem-
pé dans du vin, auec ce mot au def-
foubs, *Hinc filens, hinc loquax.*

Cefte autre qui fe prefente à vous
dans la chambre fuiuante auec vn
fufeau & vne quenouille, qui prend
vne lanterne pour l'allumer en
plein midy, lors que le ʃoleil efclaire tout l'Hemifphere de fes rayons;
eft vne folle qui n'a du tout point
de memoire , & qui ne fe fou-
uient nullement de ce qu'il faut

Q

qu'elle face. Elle s'appelle Orbilia
Beneuentana, dont les armes ont
vne grande conformité auec sa folie: elles ne sont autres qu'vne Tau-
pe, auec ce mot, *Hæc oculis, hæc
mente.*

Celle qui suit apres & qui s'est cachee quand elle a veu que vous la
regardiez, est vne pauure femme
nommee Lucieta de Sutri, si esga-
ree en ses actions, que bien souuent
voulant allumer du feu, comme elle
sent le vent des soufflets, elle tumbe
trois pas en arriere de peur qu'elle a
de ce bruit : l'apprehension est si
grande en elle, que les Medecins ne
l'ont iamais sçeu guarir, quelques
remedes qu'ils ayent apportez à
son mal; son blason est d'vn Lapin,
se sauuant dans son clapier, auec ce
mot, *Huic fuga salus.* Car à l'imitation de cest animal, sa plus forte

affeurance confifte à fe cacher comme vous voyez.

Celle qui vous vient au deuant
toute veftuë de gris, & affublee
d'vn grand manteau qu'elle iette
fur fes efpaules, eft la femme de Re-
naud Panada, à laquelle on fift accroire vn iour qu'vne vache eftant
amoureufe d'vn crapaut, ce veni-
meux animal ne fçachant commét
la contenter, fouffrit qu'elle l'en-
gloutit en beuuant dans vn ruif-
feau, fi bien qu'vrinant là deffus elle conceut. De cet accident naf-
quit au bout de trois ans vn animal
qui auoit des jambes de grenouille,
& tout le refte du corps en forme
d'vn bœuf, que cefte folle difoit
eftre mouchetee de diuerfes taches,
comme font d'ordinaire les bœufs
d'Ongrie, de forte que le Maiftre
de l'Hofpital la recognoiffant fi

despourueuë d'esprit, luy a donné
pour armes vn bufle agrafé d'vn
crochet sur le nez, auec ce mot pour
deuise, *quocumque rapior*.

En ceste autre chambre est vne
chetiue creature appellee Vrseline
de Capouë, qui n'eut iamais sa pareille en folie : car si vous luy commandez de ballier la maison , elle
perdra le temps à rogner ses ongles,
ne faisant bien souuent autre chose depuis le matin iusques au soir :
le corps de sa deuise est vn papillon
autour d'vne chandelle allumee
auec ce mot Espagnol, *ni mas ny me-
nos*, car comme il ne se treuue point
de plus simple animal que le papillon, qui n'a iamais de repos qu'il ne
se brusle soy-mesme au flambeau,
de mesme il n'est point de niaiserie
qui se puisse esgaller à celle de ceste
femme.

Celle qui se descouure à vous dans
ceste chambre toute estourdie, &
qui tenant sa quenouille au costé,
ne sçait où elle a mis son fuzeau, regardant les hommes auec tant d'e-
stonnement qu'elle semble n'a-
uoir iamais veu que des bestes sau-
uages, s'appelle Thadee de Pou-
zols, à qui le Maistre de l'Hospital
ayant vne fois commandé d'aller
puiser vn peu d'eau pour en seruir à
la table, elle fut si estourdie que de
prendre au lieu d'vn seau la marmit-
te à demy remplie de potage, la
plongeant dans le puits, d'où apres
l'auoir retiree, elle la rapporta sur
la table. C'est pourquoy pour vn
tesmoignage de sa bestise, elle a
pour armes vn oizon, qui tasche,
mais en vain, de s'esslacer bien haut
par son vol, auec ce mot, *frustra
nitor.*

De ceſte meſme Nichee de folles
ſemble eſtre ceſte eſuentee & mauſade Marguerite de Boulogne, qui
demeure en ceſte chambre plus
baſſe , laquelle eſtant vn iour en-
uoyee par vne Dame en la maiſon
d'vn certain Iuif pour y loüer des
braſſelets & des pendans d'aureille
pour le iour du Carnaual, rompit le
cabinet d'vne Maiſtreſſe qu'elle ſer-
uoit, & apres en auoir tiré de forts
beaux pendans d'oreille, les alla
porter au Iuif, luy diſant qu'vne
telle Dame ſa Maiſtreſſe luy en-
uoyoit ces pierreries pour les donner à loüage. De ſorte que pour
marque de ſa folie on luy donna
depuis pour deuiſe vn Singe auec ce
mot, *ipſe ego, & ego ipſe.*

En l'autre chambre qui ſuit , ſe
voit vne des malicieuſes folles qui
fuſt iamais, elle s'appelle Lizette de

Camerin : vous voyez comme elle
tient en main vn grand vafe tout
plein d'eau de noix, qui fait la peau
auſſi noire qu'vn charbon. Il faut
donc que vous ſcachiez que ceſte
malicieuſe ayant teint la moitié de
ſon corps de ceſte eau, s'en va en
plein midy dans la chambre du
Maiſtre de ceás, où le treuuât à table
auec ſa famille, elle met dás les plats
ſes mains toutes noircies & ſales, ſi
bien que toute la compagnie eſt
contrainte de luy quitter là la viande, & de la laiſſer manger à ſon aiſe:
ſon blaſon eſt d'vne queuë de Renard grandement conforme à ſes
ruſes auec ce mot François pour deuiſe, *elle nettoye tout.*

Vous pouuez encore voir en ceſte autre chambre ceſte folle deſ-
daigneuſe qu'on nomme Flauia
Druſilla, d'vn naturel ſi reueſche,

qu'il ne faut que la moindre chofe
pour la faire fauter aux nuës, &
l'embrafer d'vne cholere plus grãde que ne fuſt oncques celle de la
maudite Gabrine, ou de la femme
de Pinnabel. Pour vn teſmoignage de ſa folie du tout enragee, ie
vous diray qu'eſtant n'agueres em-
ployee à blanchir du linge, il aduint
de cas fortuit qu'vne goute de leſſi-
ue toute chaude luy rejallit dans
l'œil, ce qui la miſt en vne ſi grande
cholere, qu'à meſme temps elle
renuerſa le cuuier, & ietta la plus
part du linge dans la riuiere, auec
intention de laiſſer aller tout le reſte à val l'eau: ce qu'elle euſt fait ſans
doute, ſi la diſcretion d'vne feruan-
te qui accourut auſſi toſt ne l'euſt
empeſchee: la deuiſe qu'elle porte
eſt fort conuenable à ſa folie, c'eſt
d'vn Caſtor, qui s'arrache les geni-

toires, auec ce mot *Vlcifci haud me-*
lius.

Regardez fur la porte cefte autre
folle qui ne cefle de rire, auec vn fi
grand effort, que la moindre chofe
fuffit pour luy faire ouurir vne bouche, aufli gráde que celle d'vn four.
Elle s'appelle Domicilla Feronia, &
s'accorde efgallement auec fon mary en cefte efpece de folie. Or d'autant que fa principale maladie confifte en vne extrauagance de rire,
qui ne l'abandoune iamais, on a fait
peindre fur la porte de fa chambre
vne Ciuette, animal le plus ridicule
qu'on fcauroit treuuer, auec ce mot
pour deuife, *Hæc aliis,* & *mihi*
alij.

Ie ne fcay fi vous ne voyez point
cefte autre qui s'affied à la porte fur
vn fiege haut efleué, veftuë d'vne
robbe qui la rend plus vaine que le

Paon quand il faict la rouë : c'eſt
Tarquinia Venerea , la femme la
plus altere qu'il ſoit poſſible de s'i-
maginer. Elle le fiſt aſſez paroiſtre
vn iour entre-autres, racontant à
certains Caualliers la genealogie
de ſa maiſon , bien qu'elle ne paſſe
pas deux cens ans, neantmoins elle
ſe dit eſtre deſcenduë de la Reine
de Saba , leur monſtrant là deſſus
vne perle & vn diamant de moié-
ne valeur, qu'elle s'imagine eſtre
donnez par le Roy Salomon à ceux
de ſa famille, opinion qui la rend ſi
obſtinee, qu'elle veut que tout le
monde la croye. Vne autre fois elle en conta bien vne plus belle à
deux Seigneurs qui la vindrent vi-
ſiter, leur diſant comme dans ſa
maiſon ſe voyoient encores deux
haults de chauſſes qui auoient ap-
partenu iadis à l'eſpoux de la Reine

fufdite, voila pourquoy le Maiſtre
du logis luy voulant donner des armes conformes à ſa folle imagination, a faict peindre ſur la porte de
ſa chambre le portrait du Temps,
de meſme façõ que les Poëtes nous
l'ont d'eſcrit, à ſçauoir ſoubs la forme d'vn Dragon , ſe rongeant la
queuë & au deſſus ce mot pour deuiſe, *ſola æternitate victa*.

Mais obligez moy de tant ie vous
prie, que de conſiderer vn peu celle
qui ſuit de pres; c'eſt Andronique la
Rhodienne , de qui l'on peut dire
qu'elle eſt veritablement vne folle
ruſee, qui feint d'auoir perdu le iugement pour ſe donner du bon
temps.　Sa malice ne ſe deſcouure
que trop, en ce qu'elle s'en va quelque fois au poullalier , où contre-
faiſant la poulle, elle veut qu'on
croye qu'elle vient de pondre & de

faire vn œuf, que ſi de cas fortuit
quelqu'vn accourt au poulallier
pour le prendre, elle en ſort incon-
tinent auec vn baſton à la main, &
luy faict prendre la fuitte. Auſſi
pour moſtrer ce faux ſemblant de
folie, l'on faict peindre ſur la porte de ſa chambre le portrait de la
fraude, tenant vne fauſſe balance
en main, auec ce mot pour deuiſe,
ars fortunæ ſalus. A cauſe que par ſes
inuentions elle ſe ſonne touſiours
du bon temps.

　Ceſte autre que vous voyez à la
feneſtre d'où elle regarde la Lune,
s'appelle Liuia Veletri, ceſte-cy eſt
ores en auſſi bon ſens, que ſi elle
n'euſt iamais ſenty l'influence de la
folie, & tantoſt ſi trauaillee de ceſte
paſſion, que la longue experience a
faict cognoiſtre enfin qu'elle eſtoit
vrayement Lunatique. L'on eut dit

hier à l'oüir parler que c'eſtoit vne
autre Pallas, auiourd'huy tout au
contraire, ſi on luy demande quelque choſe, elle ne l'entend pas, & va
touſiours du cc à l'aſne: car comme la Lune decroiſt elle luy fait
auſſi decroiſtre le cerueau. C'eſt
pour ce ſubiect que ſes armoiries
conformes à vne ſemblable matiere ſont d'vne eſcriuice, regardant
la Lune auec ce mot , *nunc in pleno,*
nunc in vacuo.

La belle Martia Sempronia paroiſt comme vous voyez en la
chambre ſuiuante, à la porte de laquelle l'on peut remarquer vn Cupidon aiſlé, & tenant vn flambeau
à la main, auec ce mot pour deuiſe,
Deſperata ſalus. Ses propres parens
la firent enfermer dans ceſte châ-
bre, apres que la paſſion amoureuſe
la fit affoller de l'amour d'vn cer-

tain Quintius Rutilian. Ceſte-cy
ſe voyant meſpriſee par ce ieune
Gentil homme, & ne ſçachant de
quel don payer la meſcognoiſſance
de ceſt ingrat, afin d'adoucir ſa ri-
gueur, s'ouurit laveine auec la poin-
te d'vne aiguille, & en tira vne liure
de ſang qu'elle luy enuoya dãs vne
couppe d'or auec vn billet, où ces
paroles eſtoient eſcrites, *ſi feris hu-
mana proſint*. Mais il aduint de cas
fortuit que ce preſent ayant eſté
treuué par ſes freres, ceſte pauure
Damoiſelle fuſt touſiours depuis
fort mal menee des ſiés, ſi bien que
leur rigoureux traictement, l'ayant
portee au deſeſpoir, la confina finalement dans ceſte chambre où vous
la voyez.

La derniere a pour compagne en
vne autre eſpece de folie, celle que
vous voyez à main droicte, ma-
niát vn licol pédu en cet anneau de

de fer. Elle s'appelle Manſueta Bri-
tannia, nom qui contrarie grandement à ſes actions : car comme de-
ſeſperee qu'elle eſt, elle s'eſt miſe par
trois diuerſes fois ceſte corde au col
pour s'eſtrangler, mais la bonne
fortune a touſiours voulu qu'il y
ayt eu quelqu'vn pour l'en empeſcher. Les Medecins ne l'ont iamais
peu guerir de ceſte folie, parce
qu'elle ſe laiſſe entierement emporter à ſa paſſion, qui eſt d'autant plus
blaſmable en elle, que pour la
moindre choſe que ce ſoit, elle pre-
pare ſon licol pour ſe pendre, comme ellé le voulut faire dernieremét
pour la ſeule perte d'vne aiguille.
Auſſi ſa deuiſe, & ſes armoiries ne
declarent que trop l'excez de ſon
deſeſpoir. Elles ſont d'vn tronc
de Cyprez, qui ne reprend iamais
depuis qu'il eſt vne fois couppé, ce

mot y eſt adiouſté pour deuiſe, *Se-*
mel mortua quieſcam.

Celle qui ſe tient à la chambre
prochaine eſt ſœur d'Ortentia de
Bergame, ſi eſtropiée de cerueau,
qu'vn iour s'eſtant aſſiſe pres du feu
toute oyſiue, elle ſe miſt à frapper
des pincettes contre vn tizon, d'où
voyant ſortir vne fort grãde quantité de petites flammeches, elle y
priſt vn ſi grand plaiſir, que la ſer-
uante ayant de cas fortuit amorty
le tizon en eſcumant le pot, elle
courut apres elle toute forcenée,
criant emmy la ruë qu'on euſt à la
prendre, & que c'eſtoit vne meſ-
chante femme. Mais la choſe eſtant
ſceuë depuis, tant par le rapport de
ceux de la maiſõ, apres qu'on ſe fut
apperceu que le mal de ceſte folle
empiroit de iour en iour, elle fut cõ-
trainĉte enfin de ſe laiſſer conduire
en

cefte chambre, où le concierge plei-
nement informé de fes humeurs,
luy a donné pour armes vne poire
frappee d'vn gros grain de grefle,
& ce mot pour deuife, *Actum eft.*

Apres elle fuit vne excellente
boufonne appellee Terentia, dont
les actions, les paroles, les deporte-
mens & les inuentions font affez
paroiftre qu'elle n'a point fa pareille en folie. Elle le monftra bien
n'agueres, lors que s'eftant affife en
vn fiege fort haut, elle fift affem-
bler tous les domeftiques du Maiftre de ceans, lefquels s'imaginants
qu'elle leur apprefteroit à rire à fon
accouftumee, furent bien eftonnez
quand ils virent qu'apres auoir fait
deuant eux milles fignes extrauagans des yeux & des mains, ores
d'vn cofté & tantoft de l'autre, elle
les renuoya finalement auec vn

R

grand rot qu'elle lafcha vilainement en prefence de tous: ce qui eft
caufe qu'on a peint fur fa porte
pour armoiries vne tefte de Zani,
auec vne braguette de Suiffe, qui
luy pend au bout du nez, auec ce
mot meflé de l'Italien & de l'Alle-
. mant, *chefta ftare buona compagne.*

L'humeur la plus belle & la plus
gentille du monde eft celle de
Quintia Æmilia, qui femble eftre
nee pour donner du plaifir à tous
ceux qui viennent ceans. Elle fe
tiét en la chambre plus baffe, où elle entretient trois Gentils-hommes
par des contes, fi facetieux, qu'on
n'en fçauroit iamais inuenter de
femblables. Eftant n'agueres in-
terrogee en quel temps les femmes
font plus efceruelees, c'eft refpon-
dit elle, quand vous autres hommes leurs donnez loifir de deuenir

foles. Vne autre fois vn certain
luy ayant demandé pourquoy la
nature auoit faict les femmes auec
ſi peu de cerueau, elle luy fiſt ceſte
plaiſante reſponſe, que la verité de
la propoſitiõ accordee, la raiſon en
eſtoit infaillible, parce que la nature eſtant vne femme, elle ne pouuoit produire auſſi qu'vne acte de
femme. Les armoiries qu'elle porte luy ſont fort conuenables, à ſçauoir vn Iupiter aſſis ſur vn throſne
d'or au milieu du Ciel, auec ce mot
du Poëte, *Iouis omnia plena.*

Ceſte autre d'vne humeur capri-
cieuſe & bizarre, ſe nomme Hermi-
nia la Bohemiene, à qui la moindre
choſe que ce ſoit cauſe de ſi forts
eſlans de folie, qu'elle ne ceſſe iamais de forcener, comme ſi tout
s'en alloit perdu, ne ſe donnant iamais vn ſeul moment de repos. Elle

a pour armes vn coq d'inde, qui s'a-
uance & fe met à courir de plein
faut, puis s'arrefte foudainement, &
ce mot pour deuife, *tantò lenis, quan-
tò propera*. Cefte autre que vous
voyez enchaifnee pres de ce lict, eft
vne certaine folle brutale appellee
Iacquette de Pianzi : c'eft elle mefme qui n'agueres mit en fi bon
equipage vn vallet de ceans qui luy
voulut vuider sõ pot, que le pauure
garçon s'en reffentit, & fe fift fentir
de loing plus de quatre iours apres.
C'eft elle encore, qui dernierement
ayant treuué vn certain afne, qui de
cas fortuit s'eftoit iecté ceans, chargé de deux panniers pleins d'œufs,
empoigna tout auffi toft vne longue perche, & ne ceffa iamais de le
pourfuiure iufques àce qu'elle le fift
cheoir dans cefte foffe que vous
voyez, qui fert d'efgout aux ordu-

res de ceans, de sorte que la pauure
beste y demeura toute engluee, outre que ses panniers y furent rom-
pus,& tous ses œufs cassez;dequoy
la folle ne se contentant pas , elle
voulut encores attaquer le maistre
de l'asne , & l'eut sans doute aussi
mal traitté que sa beste,s'il ne se fust
retiré bien viste. C'est pourquoy le
Concierge considerant l'humeur
brutale de ceste folle,a fait peindre
fort à propos sur la porte de sa
chambre vne Megere descheuelee,
auec ce mot, *accensa nihil dirius.*

Allant plus outre, vous pouuez
voir vne autre folle nommee Laui-
nia l'Etolienne, qui ne cesse iamais
de resuer,& de regarder la muraille:
ceste-ey a des extrauagances si
grandes , qu'elle escriuit n'agueres
à vne Princesse vne lettre semblable en son tiltre , à celle que

les habitás de S. Marin en la Roma-
nie enuoyerét à la Seigneurie de Venife: l'infcription en eftoit telle.   A
noftre chere & aymee fœur la Re-
publique de Venize.   Elle la prioit
par ce fien efcrit de la venir vifiter
auec toutes fes Damoifelles, afin de
paffer enfemble huict iours de bon
temps, adiouftant qu'elle luy feroit
preparer vn Palais auffi beau que
celuy de Cleopatre, & qu'entre les
autres delices dont elle luy feroit
part, elle luy donneroit vn genitoi-
re de Caftor, vnique en fon efpece
& d'vn prix ineftimable, & quant
à fes Damoifelles qu'elle leur feroit
vn prefent à chacune d'vn beau
Grillon d'inde, qui a cefte proprieté
d'efueiller les perfonnes à telle heure qu'elles veulent, fans qu'il foit
befoing d'auoir autre horloge. Cefte capricieufe a pour armoiries la

figure d'vne môstrueuse Medeuse, auec ce mot *extremapeto*, aussi est-il vray que ses humeurs ne tiennent que du monstrueux & de l'extremité.

Apres ceste-cy suit vne folle si-facheuse, que toutes ses façons de faire ne luy font gaigner que des coups. Elle s'appelle Calydonia de Hepy, & ne peut iamais demeurer en repos : car tantost elle soufflete l'vn, & maintenant elle se mocque de l'autre, d'où vient que la plus part du temps elle s'en retourne au logis toute descheuelee, ayant le visage plombé & plein d'esgratigneures : elle porte pour armes vne plume, auec ce mot, *Quid nostra profunt?*

Passant plus auant, l'on voit vne des plus ridicules folles de ceans, appellee Cœcilia Venusia, si face-

tieufe en fes contes, qu'elle eft toufiours enuironnee d'vne trouppe
de femmes qui ne peuuent viure
fans elle. Ses boufonneries, fes
chanfons, & fes mots pour rire font
capables de diffiper toutes les humeurs melancholiques, quelqués
fauuages qu'elles foient. On luy a
donné pour armes vne couronne
de Chardon au bout d'vne picque,
auec ce mot, *vndique rifus.*

Sa proche voifine fe nomme Ar-
modia Falifca, qui eft vne folle forte en bouche comme vn cheual, qui
fe licencie de telle forte en fes actiós
& en fes paroles, qu'elle picque vn
chacun en raillát: auffi a t'elle pour
armes vn Caueffon de cheual, auec
ce mot *nihil fatiùs.*

Cefte penultiefme chambre eft
celle de Laurence Gilia obftinee
comme vn mulet en toutes fes fa-

çons de faire : elle le tefmoigna dernierement , lors que fes parens s'e-
ftans fachez, parce qu'elle fe tenoit
à la feneftre, elle s'en ofta tout auffi-
toft, puis s'y remift à mefme temps,
fans qu'vne groffe pluye ioincte à
vn orage de grefle furuenu tout à
coup fuft iamais capable de la tirer
de là : au contraire plus la pluye con-
tinuoit & plus elle tenoit bon, re-
foluë de combattre le Ciel & la
Terre, à caufe dequoy on luy a donné pour armes vn enclume frappé
de marteaux, & pour deuife ce mot,
nec ictibus fciffa. Ce qui eft vn ma-
nifefte tefmoignage de la grande obftination qu'elle a dans la
tefte.

Cefte derniere qu'on nomme
Hoftilia, foit qu'on la tienne pour
fœur de Merlin, ou pour la fille de
Calcabrin , eft vne femme vraye-

ment endiablee & pleine de toutes
meſchancetez. Ceſte folle Diabolique eſt ſi eſtrange & ſi maligne,
que ſon naturel peruers, abomina-
ble & maudit ne peut eſtre denoté
par aucune ſorte de Hierogliphe:
c'eſt pourquoy on ne luy a point
donné d'armoiries ny de deuiſe,
par ce que ny Gabrine, ny Circe, ny
tous les autres monſtres de la nature que les Poëtes ont feints, ne ſçau-
roient aſſez dignement repreſenter
la malice de ceſte femme. C'eſt
auſſi le ſubiect Meſſieurs, qui m'o-
blige à conclurre ce traicté, par vne
priere que ie vous fais , de n'appro-
cher point de ſa chambre , autrement ſi elle vous deſcouure, aſſeurez vous que comme vne autre Alcine elle vous changera tous en beſtes, en arbres & en cailloux, de ſorte que penſans auoir mis le pied

dans vn Hospital de fols,vous vous
treuuerez dans vn Palais, où ceste
maudite enchanteresse transforme
les hommes en autant d'animaux
irraisonnables. Sortez doncques à
vostre aise de cest Hospital, afin que
nous en fermions la porte, vous
contentans de ce que vous y pouuez auoir veu.

F I N.

Extraict du Priuilege du Roy.

PAr grace & Priuilege du Roy , il est permis à François Iulliot Imprimeur & Libraire en l'Vniuersité de Paris , d'imprimer ou faire imprimer , & mettre en vente vn Liure intitulé *L'Hospital des Fols Incurables* , *traduit d'Italien en François par François de Clarier, sieur de Long-val* : faisant defenses à tous Imprimeurs, Libraires & autres de quelque qualité ou condition qu'ils soient, d'imprimer ou faire imprimer ledit liure, le vendre, faire vendre, debiter ny distribuer par nostre Royaume durant le temps de six ans, sur peine aux contreuenans de cinq cens liures d'amende, applicable moitié aux pauures enfermez, & l'autre audit suppliant, confiscation des exemplaires, & de tous despens , dommages & interests, comme il est contenu és lettres donnees à Paris le 13. Decembre 161..

Par le Conseil,

GOISLARD.

www.ingramcontent.com/pod-product-compliance
Lightning Source LLC
Chambersburg PA
CBHW070453030726
47503CB00004B/1025